Sweet Hom
Happiness

我的幸福在瑞芳學

施岑宜 著

目錄

秋 我是在地人

有人選擇在我離開的地方落腳

吳念真（作家、導演）

瑞芳，據說以前只是基隆河畔一家雜貨店的名字，先人們要去九份、金瓜石淘金或去猴硐挖煤，通常會在這裡備辦各種生活用品，或者委託採購某些特別的器物和需求，久而久之，店名成了這個區域的代號，然後變成地名。

瑞芳以前是「鎮」，現在叫「區」，行政管轄範圍有山有海，但或許轄下的幾個區域早就因為特殊的出產而「名」高震主，因此除了真正住在鎮上的人會說我是瑞芳人之外，多數的人還是習慣以居住區域的名稱表示自己的歸屬，比如：我是九份人、我是金瓜石人，我是猴硐人等等，瑞芳，對他們來說，其實始終只是戶籍所在地的名詞，而不是即便遠離也還會魂牽夢繫的故里。

我出生、長大的地方叫大粗坑，位於猴硐和九份之間的一個的山谷裡，行政上的名稱是瑞芳鎮大山里，但同樣地，我們也習慣說自己是「大粗坑人」。

九份離大粗坑的步行距離大約四十分鐘，那裡有診所、市場、藥房、電影院甚至酒家，所以從我懂事開始，九份一直就是供應我們大部分生活所需的「街上」。記得小學二、三年級的時候老師感冒、咳嗽，課上到一半忽然從口袋裡掏出錢來，說：班長，你去九份幫我買個感冒藥！身為班長的我也就毫不猶豫地走四十分鐘去九份買藥，再走四十分鐘回來，一如現在的小孩去便利商店。

而瑞芳對我們來說則已經是一個遙遠又陌生的地方了，因為要去那裡必須先走到九份再搭公路局，或者走下山到猴硐再搭一站的火車。

小學畢業之前對瑞芳的少數印象是全校學生兩次從猴硐國小走路去「瑞龍戲院」看電影，至今都還記得看的是《吳鳳》和《一萬四千個證人》（講的是韓戰時期中國戰俘選擇回臺灣的故事），這樣的印象和有一次遠足我們的目的地是走路去水湍洞和瑞濱海水浴場，然後在海邊第一次看到人家在拍電影，老師還跟我們說女演員很有名叫「王莫愁」的記憶幾乎等量等值，可見瑞芳於我就和瑞濱或水湍洞相似，地理距離不遠，但心理距離卻同樣無感且淡薄。

後來隨著金礦礦脈枯竭，九份人口開始外移而逐漸蕭條，故鄉大粗坑更因毫無謀生空間，故全村搬離而於一九七五廢村。

父親從金礦轉業到猴硐的瑞三公司挖煤，他和媽媽起會、借錢，在瑞芳鎮上買了一間小房子，直到那時，和「瑞芳」才有了比較實際的關係。

那年我在當兵，剛從金門移防回臺灣，第一次休假回家走出瑞芳車站的第一個反應竟然是：啊！我終於可以不用再爬一小時的山路就可以到家了呢！

然而，現在想起來，當時對這個新家的感受已經和舊家截然不同了，因為在現實環境的逼迫下，不得不離開自出生以來便累積無數人際情誼和成長記憶的所在，那種被強硬割裂的不捨、無奈和懊惱似乎始終隱隱作痛，而新家彷彿只是脫離母土之後即將在未知的生存空間裡漂流一家人的載具而已。

因為大粗坑再也回不來了，而我們從此就成了失去故鄉的大粗坑人。

也許就是這種「失去」始終難以彌補或取代吧，我似乎必須承認，情感上瑞芳和臺北對我來說並沒什麼不同，兩者都是「異鄉」，雖然將近七十年的人生歲月就是在這兩個地方的「名下」度過。

記得多年之前曾經受託拍了一個跟新移民有關的公益廣告，裡頭的主角是一個嫁到臺東的美國新娘，記得拍攝的過程跟她閒聊，我忽然問了一個很蠢的問題，說：「妳會想念美國的家嗎？」她回答我說：「當然啊！但是，現在這裡才是我的家啊！」或許是被這句話所震撼了，於是在片子的最後我加了一個文案：「心之所在，即是故鄉。」

寫了以上這麼長的一段文字，其實是類似某種「告解」，很想跟你即將開始閱讀的這本書的作者承認：比起妳，我不得不承認，我好像很少把「心」放在沒有大粗坑之後的瑞芳過。

大粗坑廢村之後慢慢變成廢墟，但偶爾還是會回去，有時候是一家人，有時候是自己一個人，特別是在芒花遍開的深秋，好像就會被空氣裡一股特別的氣息召喚著，然後忍不住地回到那裡，面對已經被荒草湮沒的山谷無聲地訴苦或被撫慰。當然一路上就會看到九份、金瓜石、猴硐這幾個相鄰區域令人無語的老化、凋零。

一九八〇年代初期我到中央電影公司上班，有一次跟幾個年輕導演討論劇本的時候，說起大粗坑採金的歷史以及礦區生活點滴，當然免不了說到九份。

直到現在我都還記得當時是這樣描繪它的，我說：「九份就像你偶爾在鄉間的屋舍前看到的一個乾乾淨淨的老太太，向晚時刻，身上有夕陽的餘光，她安靜地坐在那裡正在揀菜或縫補衣服，衣著樸素，面帶笑意，看見你走近的時候她會輕聲地說：來坐啦！如果你只是飄然走過，她也只以目光相送，但如果你願意坐下來，她或許就會不帶情緒地跟你說起她的生命故事，跌宕起伏，讓你捨不得離去。」

也許是這樣的因緣吧，之後好幾個導演陸續把九份、金瓜石甚至猴硐一帶當成電影的場景，自己參與其中的有《海灘的一天》、《戀戀風城》、《悲情城市》、《無言的山丘》等等，最後甚至還當起導演拍了《多桑》。其中有一個場景我還特地選了大粗坑一棟殘存的建築，工作人員為此還花了許多天整理道路、除草、復舊，只是我始終無法跟他們說清楚這種「堅持」的理由，因為「彌補失去」這四個字太抽象了，除非真正經歷否則難以體會。

電影的邊際效益或許是讓九份、金瓜石有了另一個階段的繁榮和改變的原因，但從沒想料到的是，之後那些新的建築、新的顏色和熙攘的人群卻讓我對這個區域更加陌生，「失去」的感覺愈濃愈深。

一九八〇年父親過世，二〇〇〇年母親要我把在瑞芳的祖宗牌位移到我家，二〇〇四年母親過世，二〇〇五年我們把房子賣給鄰居，此後，除了清明掃墓以及老鄰居的婚喪儀式短暫回去之外，瑞芳對我來說徹徹底底成了異鄉。

落落長的這篇文字其實根本不像是「序」哦？

說真的，這是我在讀這本書的書稿時，斷斷續續留在空白處的註記片段。

我無法想像當我們因為現實環境的窘迫必須脫離甚至逃離的地方，多年之後竟然有人選擇落腳。

岑宜可能不知道，我十六歲就離開大粗坑、離開廣義的「瑞芳」到臺北工作，比較起來，她待在瑞芳的時間已經比我還長。

讀著她細膩地記錄著把異鄉變故鄉的歲月裡的種種心路歷程，好像隨時提醒著我什麼，我會想起同樣的時間裡我在做什麼？那一陣子我回去過瑞芳嗎？為了什麼事回去的？或者：啊？我怎麼不知道有這個「景點」？那個區域我應該很熟啊？我是不是和作者見過面啊？她說的那個活動我好像有印象呢……。

這些連續的「提醒」對我來說是很特別的閱讀經驗，讓我無數次想起我的父親，想起他十八歲離開民雄到大粗坑那個完全陌生的環境工作、生活時，他經歷了什麼？學會了什麼？和其他人一起完成過什麼？還有，他會是以什麼樣的心境和態度去接受異鄉成故鄉的事實？

很想跟岑宜說，就如同我和我父親一樣，我們的生命歷程都曾交會過，差別只在妳和他都把異鄉變成故鄉，而我……背道而馳，卻在不知不覺或有意無意間把故鄉變異鄉。

學的是生活，也是人生

周慕姿（諮商心理師、作家）

讀著這本書，翻起我許多回憶。

我的出生地在台南，不過五六歲時搬到了基隆。當時住著的社區，附近都是認識的人，鄰居互相照顧關心。

當時，我媽媽對我的學業要求很高。有一次，學校發了期中考考卷，粗心的我沒有拿到滿分，回家的路上看起來心情很差（因為會被媽媽揍），鄰居阿姨看到我一臉沉重，關心地問：

「怎麼了嗎？」

我囁嚅地告訴她，因為粗心沒有考滿分，會被媽媽打。

阿姨安慰了我一番，把我送回家。後來媽媽下班回家，阿姨遇到媽媽，就和媽媽閒聊我跟阿姨的對話，替我美言了兩句。

那天我記得，媽媽含笑地進來家裡，念了我一頓，但沒有揍我。

當時我們住的地方，街坊鄰居都是認識的，見面都會打招呼，如果誰家的小孩回家大人不在、沒有東西吃，附近鄰居都會招呼他們到自己家裡坐坐、吃點東西，等爸媽回家之後再回去。

那時候，彼此的人情連結是很深的。

還有一件讓我印象很深刻的事。當時大家家中如果有什麼難以解決的問題，例如工作不順，小孩不聽話、不睡覺，老公不回家、夫妻吵架、孩子要考大考找工作……各類的家庭困擾難題，大家都會去金瓜石或瑞芳的山上，找一個「姨婆」，問問事，或是讓她幫大家「忌改」一下。

那個姨婆就像是大家的精神堡壘，婆婆媽媽去找了這個姨婆，事情不一定有什麼很大的變化，但聊聊天，聽她勸解一下，似乎心就安了。

生活，也就能夠繼續過下去了。

我也曾經見過那個姨婆，那是一個很溫暖的回憶。她認識我們每一個人，記得我們每個人的名字，帶著愛與關心，問候著我們每個人，然後不收取金錢。

我想，對於那時的我們而言，這個姨婆，就是我們的精神堡壘，她和我們的連結、對我們的溫暖，讓許多人在辛苦的人生中，還能夠撐下去，還能夠再努力一點點。

童年時的我，在基隆住下的那幾年，與所住的地方、與當地的那些人，連結是很深的。我們知道，巷口的果菜店，老闆的兒子現在在做什麼；山坡上的柑仔店，什麼東西都賣，我們說想要什麼，老闆就會變出來給我們；菜市場賣麵線糊的阿姨，知道我們這些老客戶從小吃到大，我們念哪個學校都如數家珍。

高中後因為念書而來到台北，在台北住了超過人生一半的時間。即使如此，我對於鄰居的理解、這個城市的回憶與情感，仍遠遠低於我待在基隆的那幾年。

讀著《我的幸福在瑞芳學》，翻起了我很多回憶。這本書裡，有許多作者的自省，也有許多作者與瑞芳這塊土地的連結，還有許多人情的描述，十分動人。我特別喜歡作者觀察了瑞芳人的特色後，從「瑞芳」這個地方的歷史演變，去看瑞芳人特有的性格：從極為熱鬧富有的礦業興盛城市，到如今沒落為所謂的「偏鄉」，這其中的起伏，使得瑞芳人帶著不安全感，特別在意工作與收入，總覺得能做就盡量做，畢竟不曉得未來會如何。

抱著過往的榮光與面對現今的沒落這樣的矛盾，從這些部分去理解瑞芳這個城鎮，有著更深的認識與更不一樣的感受。

就像認識一個人一樣。

這本書的作者，就像帶著我們認識一個新的朋友：「瑞芳」，絮絮叨叨地描述這個朋友的許多特色，以及自己認識這個朋友之後的變化。到瑞芳開始新生活，對作者而言，並非只是一個新潮的舉動，而是想要重新找回自己、不再用主流社會價值作為自己人生的標準。

「移居山城也許是一種逃離吧，厭倦要非常努力才能獲取小小的認同，還有不被看見的苦悶；另起局面的遊戲可以是自己說了算，不用與他人比較，可能是真正離開從小出身長大的台北移居到山城的真實答案；那看似浪漫的選擇，有著抗拒與逃避，想放過自己一馬。不想贏到底是好還是不好？我其實沒有確切的答案。」面對這樣的重新選擇與人生標準的翻覆，自我的思考與重新建立標準，是非常需要時間與力氣的，並不是每個人都有勇氣做這件事。而作者用這本書，重新整理了自己這一路的經歷，也為我們的人生開了一扇窗口，重新思考自己的人生，以及與土地的連結。

我很喜歡作者在書中寫的一句話：「在瑞芳學，不是關於地方知識的學習與建構，而是關於我這樣的一個人，在小鎮裡的真實生活，如何一步步的引領我走回自己的心；這是個可以聽見自己心跳聲的地方，有一種生活態度要在瑞芳學。」

當我們能夠與人、與土地、甚至與我們的心有所連結時，或者活著的意義感、人生究竟什麼對自己重要的……我們才有機會慢慢回答自己這些問題。

《我的幸福在瑞芳學》，學的是生活，也是人生。

因為是Sweet Home，所以她一路甜美

林承毅（地域活化傳道士、林事務所執行長）

這是一本怎麼樣的書？是一本回顧今昔反思發展的自傳？一本記述水金九美好生活的散文集？還是一本瑞芳發展的報導文學，或是一本，當下洛陽紙貴的地方創生成功案例集？

因長期協助中央相關部分執行社創計畫審查及顧問工作，因此關注各地發展早就是我的責任及日常，有著深厚產業發展紋理的新北市瑞芳地區，就一直是關注之重。

當過往繁華一時的黃金城市，因產業發展脈絡，終於曲終人散人去樓空，如何找到發展下一哩？當然在過去二、三十年間，因電影，地景及獨特氛圍，也造就水金九地區，看似有著不錯觀光發展，這幾年政府的投入及努力也有目共睹，但即便如此，人口持續外流，高比例老齡人口，一直是區域之痛，也因此被列入國發會之地方創生優先推動鄉鎮市區清單。

關於區域的隕落，因著沉重包袱，太多非戰之罪，太多錯過誤會，造就裡頭之人，夾雜太多情緒及怨懟，而巴不得能火速逃離，或隨著求學離區而就此離鄉背井，而雖說如此，區域仍依靠其存在獨特魅力及風土人情，得以吸引一些深受其感召而來的外來者，如此前赴後繼地闖入，或許說這片終年夾雜溼潤雨氣之地，有著充滿礦物質的黏人泥土，因此也讓一群人黏住，且不願離去，甘之如飴，而我想本書作者，也是新芳村書院山長——施岑宜小姐就是這樣的一位。

確實，人與地之相遇，總有些偶然以及必然，雖然過程中未必如偶像劇般的浪漫命定，但總能在脈絡梳理之中，感受到有那麼一絲的糾纏，因嚮往並追求非城市之生活，與另一半在年輕之際即著手在尋找安身立命之地，是東部嗎？東北角？還是……過程總會歷經一次又一次的尋尋覓覓，最終這處有點近，但卻也有點

距離之位於東北角瑞芳境內的水湳洞，就這樣註定成為這對當年來自天龍國之年輕夫婦的落腳地，且就這樣一轉眼二十年就過去，不僅後來還進入不遠處的黃金博物館任職，一點都沒浪費人才，且一路這樣做到館長，而也在任職的過程當中，因與當地居民的深度接觸，體悟到地方型博物館的另一種獨特的個性與姿態，而這些生命歷程中的修驗，也在日後轉化為投入地方工作及社區志業之重要養分。

我們常用「日久他鄉變故鄉」來形容遠道而來並落地的人，但即使新北臺北不過幾十公里，但可貴的是具有這樣的心情，關鍵就在於心是不是定而屬於這裡，這樣說安身立命確實不容易，尤其體現在生兒育女之上，而當你放手把心愛的子弟交給地方，這就是真正認同的建立。

透過第一人稱為出發的敘事模式，更讓我們如身歷其境般的來到這裡，感受這一路來的變遷及感動，從最初的一個人，牽手的兩個人，承諾的一個家庭，融入在地鄰里，雞婆的用一面鼓串起社群，最終以書院來成就這一切，橫跨二十年的維度，瑞芳是據點也是家的真實體現，行動讓一路的實踐無比踏實，而這樣也讓人預約後續的精彩，因此，這本書堪稱是前傳？

我們常說十年一瞬，我想這本書就是一個最佳寫照，我很敬佩山長的高強記憶力，明明是這一兩年才起筆，但許多當年的細節，是如此的鉅細靡遺，當然敘事的細膩，還有平實中又無比生動的人物描述，每每激起了我滿滿的好奇心，好想認識書中的那一位素人阿姨，即使知道她應該就是每個村莊都會有那麼一兩位的角色，但當書中角色能如此自然的躍上紙來，也顯露了筆觸的寫實及溫暖，一篇又一篇堆疊，加總起來拼湊出了水湳洞一帶的生活樣貌，你很難不被這樣的內容吸引，而懷疑起，這到底是不是一本，表述在地某時代庶民生活的紀實，所以這是本報導文學？

但也不是，老實說，看似親切易讀的筆觸背後，藏著山長滿滿的情意，還有一陣又一陣的反思性，但有意思的是，你絲毫感受不到一絲喃喃自語後的不耐，反而可以從一些字句當中感受到山長的慧黠，自然，還有在 insider 與 outsider 兩個角色，多重身分往來穿梭下所見證出的生活哲思，行文從夏起手，以春結尾，看得出有個時間序列的安排，但這樣的脈絡性書寫與編排，是不是也意味著如果不按次序來，就會抓不到頭緒？但根據我先睹為快的實測心得，即使只是單篇抽離閱讀，依舊讓人有所收穫，所以這是本散文集？

其實說來慚愧，敝人認識作者山長施岑宜小姐的時間不算長，嚴格說只能算是心嚮往之因而時常會透過臉書進行若干互動交流的臉友，當然也是長期追蹤其文字連載的粉絲，而真正關注山長在瑞芳的投入，應是從知道瑞芳有了一處名為「新村芳書院」的新據點開始。如前所述，因個人研究旨趣及工作關係，散落全臺之各式帶有創生意涵的機構及模式，只要有機會知悉，都會引發我的好奇心，想要一探究竟，因此一開始透過雜誌報導知道新村芳，第一個心中的疑問是，為什麼會有人想在那邊開書院？還不是書店？負責人是誰？他想要達到什麼目的？從空間來看，應該有空間相關，不然就是具藝術文化背景？

再來，依照我過往經驗猜測，對方一定不是前書店店員？而是一位愛好知識，閱讀，並著迷某類型書籍的書蠹蟲（這一點後來發現，我完全命中）；最後，還是好奇對方的起心動念？還有，是否有好好想想可持續的商業模式？可能因為看過太多因熱情而翩然起義的案例，尤其如果具有強利他性，往往很容易在後來因受挫而夭折。而滿意外的在書中，關於書店的篇幅也不能說描述不多，而是比較著重在心念的敘述上。而有一點讓我覺得很不錯，那就是之所以稱為書院而不是書店，包含為什麼稱為山長，這背後就是有一套岑宜小姐獨到的認知及設定，可了解的是這處新村方書院誕生的起心動念，不是為了解救地方的高風險兒童，也不是為了推廣偏鄉閱讀，純粹是為了實踐存在筆者心中許多的理念，當然下一步即是想要進行閱讀及知識的推廣，透過實體及線上活動來進行發聲、倡議及集結，如此從利己出發，才一步步邁向推己及人的模式，老實說是我認為能在地方續存的模式路徑，整個過程，似乎不怎麼灑狗血，也不算有一段猶如戲劇性的轉折為支撐的過程，所以這樣堪稱為一本地方創生案例集？

透過以上的提問及描述，我想要帶出的是，這是一本什麼都堪稱是，但也什麼都不完全是的一冊，很難定義與定位的背後，可以說的是，他是一本由山長施岑宜與瑞芳這塊土地所激盪出的生活協作，落地生根的前天龍人，在成為瑞芳的一分子之後，用他的行動，碰撞，探索，尤其始終帶著一副新鮮的眼鏡，才能從不同的視角，維度來窺看這兒的趣味及美好。

就如同山長在書中所留下的一段話：

「在一個地方好好久久的活著，才有機會好好的認識及體驗與你相遇的人。」

這本書是二十年來的生活結晶，把所思所想所念所愛化為文字，傳達滿滿的真情意，有一句話是這樣說的「因不了解而相愛，因了解而分開」，通常我們用來形容情侶關係，但如果用在「人與地方」是否還一體適用？確實多數移居者，是被隔了層紗的「他地」所吸引而留下，但當泡泡破滅或難過現實關之下，有多少人能真正義無反顧並落地生根？我想山長應就是一個最佳的例子，保持著一期一會的心情，始終以愛為基底，細細貼近並享受生活滋味，並讓幸福感蔓延，就像作者在書中提到的瑞芳的臺語讀音，根本就是英文的「Sweet Home」，因此，這邊真的夠甜美嗎？但我想，在追求路上，必將不忘彼此成長，共同學習，讓人地之間能緊密相繫，就猶如書名《我的幸福在瑞芳學》一般，幸福確實不假外求，而是你是否找到對的地方，並著手做了什麼。

最後，容我邀請大家與我一同走進山長的世界，一齊透過文中的小世界來親炙 Sweet Home 的魅力，感受屬於她與所有愛著這片土地的人所共同感受的甜美。

我的無良業主

陳澤民（建築師、景觀設計師，山夫）

相較於岑宜，我是一個務實的金牛座，就算要做夢也是跟發財有關的夢，可能來自於很現實的原生家庭處境，感受過匱乏，眼見少了某些東西人就不能好好地活下去。為了防止日子活得很不堪，所以很早就學會了像野草一樣有韌性的求存。

我和她初識在大學時代，兩人差異極大，可能因而產生對彼此極大的好奇心吧。最初會提出移居地方是她的想法，其實已經忘記二十年前為何會跟她一起踏上這條路。深究可能我的骨子裡還是悶騷的吧！想要走出不一樣的路徑，去看看別人沒看過的風景，雖然膽顫心驚，但那種心情就像有點怕見到鬼卻又想一窺阿飄真實樣貌的矛盾心態。

於是從水滴洞的第一間家屋開始，二十年來她持續將想實踐的夢想空間丟給我操作，但從來不支付我一毛錢，算是很無良只出一張嘴的業主。更可惡的，她是一個絲毫不會手軟去質疑與挑戰專業的人，完全的外行想去干擾內行，有時想想我的心智能力之所以可以如此強大，還真該謝謝她一路的調教。

作為一個建築師，有一處屬於自己的基地發揮是很幸運的，就像是替他人勞動的佃農，終於有了自家的一塊田地可以好好耕種，一路走來有點疲勞，但回頭一看點滴在心頭，累積了許多金錢無法取代的喜悅。山居的生活不像在都會那般忙碌與光鮮，獨處的時間變多了，朋友少見了甚至也淡了，但二十年來我卻從來不曾覺得寂寞，過著半隱居的生活自得其樂。反觀岑宜總是積極參與著社區公共事務，從黃金博物館館長、到與社區朋友一起經營山城美館、認養了不一鼓到現在的新村芳書院。如果不是因為她，我也不會認識許多同時也居住在山城裡的人，但我仍舊沒有選擇跨出自己已經夠小的社交圈圈與他們深交。一直以來都在一旁默默的看著！隨時準備出動收拾爛攤子！

她總是想尋找自己的天命改變世界，所以任性衝撞搞得片體鱗傷，以為自己的使命在遠方；而對於物質需求常有匱乏憂慮的我則像一隻無時無刻不在為度冬做準備的螞蟻四處找食物，只求別餓著了。她怕日子過得無風無浪有點無聊，一定得興起一些浪頭要我一起衝！常常逼著我得硬著頭皮起身駕馭，迎向恐懼與不安。雖然常常冷汗直冒與髒話不斷，但竟也攻上一道又一道的浪頭，見識到奇特的驚險風景；而她經歷了起起落落及人與人的聚散離合，終於理解所謂的「天命」，是為所愛的人創造幸福，漸漸回歸家庭；只是不確定她何時又要出發。

大家都說因為有我，才能造就現在的她，甚至認為我過於縱容她妄為。我並不是很認同這樣的說法。「枉才情．某清閒」，當個有才情的先生不也是一種本事嗎？我尊重她的選擇，即使我並不一定認同，同時知道以她的異常白目與當真，應該會吃上不少苦頭，也從未想要干涉她的選擇，只是自己得隨時等著要接下變化球。也只有我能看見她最脆弱、無助與失落的一面，看著她的掙扎與矛盾，我的心也跟著糾結了起來。

岑宜是個擅長無中生有創造意義的人，在瑞芳的生活點滴能被她編織成爛漫的篇章甚至是一門學問，真是很有才，但我知道，一切都是如此的不容易。我們從最初的二地居往返瑞芳臺北兩地，到後來不想再離開水湳洞，一晃眼從年輕夫妻變成中年大叔與大嬸。其實我真心要跟她說謝謝，因為沒有她，我不會有機會離開既定的生活框框，活出生命的不同選擇。

自序　住在陰陽海邊

施岑宜

多年前的一個雨夜裡，我和兩個朋友來到水湳洞唯一的一間小咖啡館，於吃光所有店家能提供的食物後，臨走前，我突然問起老闆這附近有房子出售否？暗夜中，他模糊的指出一個我不預設是好位置的方向，那裡有間老屋要賣，我興趣缺缺根本毫無衝動冒雨前往。

二十年後，坐在當年那間要賣的老屋二樓打著字，書寫著我人生的第一本書，窗外遙望著美麗的陰陽海、十三層遺址、聚落與藍天，黃金瀑布的水聲不絕於耳，可能羨煞了仍在都市中的你；但當年移居至此，驚動了不少身邊的親朋好友，大家覺得我們太過瘋狂與不切實際，但我們仍執意從都市出走。一開始，居然因為黃金瀑布的水聲過大而失眠，溼氣重到每天起床時，全身好像被拷打一番，痠痛不已；小山村入夜即暗摸摸，在幾支水銀白燈的照射下，感覺鬼就要出場，讓人超級害怕黑夜的到來。轉眼間，我和先生從三十歲移居這海邊的水湳洞住到屆齡五十歲，接到衛生所的護士電話，跟我說今年五十歲，要我撥空去拿取大腸檢驗的試管，她說得很直接明快，但聽得我心碎了一地，居然也要半百了，明明我們才剛搬來，明明我們還很年輕，我們居然已經就在這裡老去了。

《我的幸福在瑞芳學》，是一本關於我移居瑞芳的文字紀錄；一切都是關於住在這裡、生活在這裡、在這裡學習，我成了我自己、找到了屬於自己的幸福與自由的紀錄。過去以為世俗的生活要樣樣俱足才是幸福，而生活在這裡，發現原來生活可以有很多不同的樣貌。這本書特別要獻給我的家人，因為有著你們全然的支持與放任，我才能踏上這趟未知的旅程。謝謝我的先生，書裡會稱他為「山夫」——極度務實與理性的人陪著愛做夢與莽撞的太太落腳在山城，他的人生也一同經歷了不小的起起伏伏，心智越來越強大。我的膽子大但持續的勇氣不強，他是我一路走來最重要的親密伴侶，也是支撐我一路往前的最佳後盾，如果沒有他，這本書也不會完成。

這本書同時獻給瑞芳這塊土地上的人事物，當年移居到此，整個山城正歷經停礦後的大蕭條與逃離潮，原本依附生存的地方，再也不能餵養家庭與孩子，屬於礦山人的驕傲與榮耀正迅速土崩瓦解中。失落、恐懼、不安、徬徨甚至放棄……，在整理老屋時，從後院的小山裡清出永遠清理不完的垃圾，恐怖到懷疑這座山是垃圾所堆砌而成，最多的是淺層的酒瓶，過去是什麼樣的一群人生活在此，他們遭遇了什麼事？為何是如此對待腳底下的土地？為何就是在生活的周邊？他們有在這裡找到屬於他們的幸福嗎？

天龍國長大的我，對於什麼是地方其實是陌生的；即使受過城鄉規劃與發展的訓練，或者一路實踐與研究著社造政策，總是侃侃而談；但自己知道那只是學術論述裡的慣習假面，我仍舊不知道。一如往常，行走在小鎮辦理生活小事，當年吳念真的《多桑》在瑞芳最熱鬧的路上封街首映，還是學生的我和山夫，從臺北騎著機車風塵僕僕來朝聖，擠在人群中，試著理解屬於瑞芳的美麗與哀愁。當時的我們，想都沒想過，吳導從此不再駐足的街道，後來成為我們的日常。他從這個地方出走，而我們來到這個地方，老天是不是在其中動了什麼手腳？

剛搬來的我們，對於曾經與現在居住在這裡的人，完全陌生，兩個具備了世俗社會的學歷與位階，從天龍國移居來的人，只是純粹愛上這個地方的風景，沒想過要承接屬於地方人的故事。剛搬到水湳洞時，最愛的時光是在頂樓的院子發呆，看著周圍的山與海，好似回到大地母親的懷抱中，沒有特定目標想要達成，也沒有什麼需要努力思考，就只是舒服地被自然陪伴著，那時還算年輕，可以有用不完的時間曬太陽。當下居然可以如此無企圖心的存在，我們不知來到這個地方生活，最終會帶我們走向何方，會不會在這裡找不到生存的方式鎩羽而歸？或是無法適應而再度回到城市裡？

不知不覺，歲月帶著我們來到這個新的當下，我們成為一雙兒女的老爸與老媽，曾經不想生養下一代的兩個人，因為生活方式的改變，對於生命有了另一種覺知，以為自己夠成熟了可以承擔，但真正成為了父母才知，原來所有的學習才是剛開始。在一個偏鄉教養孩子長大，有別於自己在都市成長的經驗，原本安逸的心，變得時時刻刻開始擔心、比較與害怕，深怕因為自己的追尋讓他們錯過了什麼，或者失去了競爭機會，其實都是自己成長的黑洞在召喚著過去的自卑。也因為成了媽媽，離開了公職，從一個博物館長踏上了一條奇幻之路徑。

在瑞芳歲月的二十載，從一開始是帶著好奇心的隱居者，鄰居甚至強烈懷疑我們可能在隱密的小後山種大麻或是做著無法見光的非法勾當。機緣巧合下，我成了黃金博物館的館長、當了母親之後回到社區，與夥伴們營運山城美館、推動類博物館發展協會、成為不一鼓的乾媽與經理人；繼而更奇妙的安排，把我帶到了瑞芳老街——這座小鎮最初繁華發展之地，創辦了新村芳書院；我與瑞芳這個地方因為時間的積累，羈絆越來越多也越深刻，瑞芳漸漸不再是異鄉，而是出外後會想要回到的家。居住了快二十年，你問我什麼是地方？其實那是都市人的鄉愁，生活在一個地方，地方根本不是地方，而是家的所在。

謝謝時報出版外聘總編輯古碧玲古姐的大力推薦，還有趙政岷董事長的全力支持，感謝宜家的支援，維君的美編讓我有機會把自己的文字，化為一種感謝與祝福。一直很喜歡《想像的共同體》作者安德森說的一句話：「人一輩子就是在追尋著故鄉與認同。」不知怎的，我對這段文字非常有感，搬到一個地方生活二十年，從年輕氣盛血氣方剛到漸漸理解生命的巧妙安排，隨順因緣臣服交託。重新回頭咀嚼這些文字，有了另一番理解，故鄉不是家鄉、他鄉或者是異鄉，而是我們內在深處裡的心家；而一輩子努力活著尋求他人的認同，最終仍舊是我們能否全然接受不完美的自己。生活是一門藝術，而愛永遠是一切的答案，送給瑞芳這個讓我學到這一切的地方。

給未來的陳果與陳安

這本書是媽媽書寫自己人生中
應該是最特別的二十年
我無法預知這本書出版之後的時光
會繼續迎接什麼樣的生命驚奇與挑戰
歲月讓人從年輕到頭髮花白
也讓我真正開始長大
謝謝你們來到我生命中
就像你們的外公、外婆及爸爸一路陪伴著我
在你們心目中
我不知是一位什麼樣的母親
只想跟你們說
永遠記得要好好熱愛自己、他人與這個世界
就像最初從未受過傷一樣
把日子過得像一門藝術
在實踐中學會愛
因為那些經歷的
終究成就了我們

這本書的書寫安排

《我的幸福在瑞芳學》是自己移居到瑞芳近二十年的所看所見所學與所想，以四季來劃分成四個篇章，從夏天起始，當年用六十萬現金在水湳洞購入第一間老屋的季節正是夏季，那是我們試圖跳脫於既有框框，勇敢在生命中冒險的開始，於是將這第一幢房子取名為「夏天」。有趣且意外的是，我們陸續湊齊了秋天、冬天與春天，這些曾經是他人的家屋，剛剛好在該來的季節進入我們生命中，成為我們的生活日常；想想，索性就以四季來將這本書的文字做個分類。

夏天

書寫移居陰陽海邊的日子，關於我們為何而來，如何買到第一間房子，一切的體驗與轉變紀錄，包括了我這個人、

我和自己、和家人、和朋友，如何從一個外來者變成在地人。夏天陳述的是兩個年輕人帶著種種想望與一個地方的人事物在生活上的碰撞。

秋天

描寫漸漸地融入在地生活與社群的體驗，從一個博物館館長到與社區夥伴們成立山城美術館。包括初為人母、同時認養經營起在地發明的不一鼓，因為身分的轉換，山居歲月的時光，有機會跳開原本既定的生活思維與模式，重新觀看與思考關於幸福的意義。

冬天

關於二〇一四年暫離陰陽海邊赴雲南德來村的短居生活。那年暑假，帶著剛滿五歲的陳果出發前往雲貴高原，多半時間是待在宣威海岱的德來村，與當地居民一同吃住生活，這是個多數人操著方言的異質空間。透過在他鄉的生活，重新理解一個地方關係的建構過程與微妙。

春天

春天的篇章，敘述自己到瑞芳小鎮上創學與經營民宿的體驗與學習。五年前，動念在居住了快二十年的瑞芳辦學，創辦了新村芳書院。這個篇章是關於實踐的這些日子以來，如何建構屬於我的「在瑞芳學」，以迄完成這本書。這一篇應該是整本書論述比重較多的，和相對輕鬆的前三篇略有不同。

2010.8.01 on Gold WATERFAL

夏

打天龍國來的人

在山城，透過修繕他人的老家到變成自己安身立命的家，對於家之於人有了另一種理解，村落裡每間屋子都是獨一無二的所在，每個方位與看出去的風景都不一樣，因為空間注入了過去生活的記憶，感覺好像有了靈魂並繼續滋養著。

聽見自己的心跳聲

一家四口在依傍著小山的院子裡生起火盆；小孩天性愛火，這時刻總是最開心的，在一旁說著要幫忙，總是忍不住想快點玩。山夫與果子把和果安先前齊手捏的風乾小陶偶，一個個夾入埋在火堆裡，搞起了假柴燒。

我在一旁掃興質疑說：「這行嗎？人家柴燒是要守著火不滅幾天幾夜的……，我們這個成嗎？」一遭了白眼，趕緊閉嘴識趣地走向露台，天空懸掛著半輪明月，周邊山路點點路燈亮起來，還有一盞還沒安上光罩刺眼的公共藝術白光，讓山城夜晚多了好多刻意人味。

移居山城屆滿二十年的歲月裡，大家都笑稱說好像王寶釧。但我終究不是一個人，從最初的兩個人、兩隻貓到來了兩條狗；現在則有了果安兄妹的陪伴。時間向前直走，曾經的貓與狗或老或死了，水湳洞的日常還是繼續著。如今，終於著手把這些山城歲月寫出來，也不知能否有能力完成它，但就是盡力想到什麼就記錄什麼的動筆吧！

二〇一九年的中秋節，十三層被點亮，在之前，我很難知道今後的水湳洞會加速變成什麼樣？雖然我們想為她做點什麼，總是無能為力，要發展要停滯總不在我們的掌控裡。但在那時刻，可能也同時召喚我，把這土地上曾經相遇的人事物所交織的歲月，整理與反思，作為一份禮物，送給這個改變我極多的心靈故鄉。

曾經她是如此安靜的所在，做陶的阿福說：「那種寧靜是可以聽到自己的心跳聲……。」你聽過嗎？自己的心跳，它其實一直在那裡，證明我們活著。

水湳洞成為一個島

二〇一九年中秋前夕，一家四口緩緩走到十三層的停車場看點燈前的彩排，腦袋裡突發奇想——月滿秋夕的陰陽海邊擠入前所未有的人潮，因為極度的重力與不平衡，造成地表斷裂，整個水湳洞脫離了台灣本島，飄向太平洋；於是，我們成了島民中的島民……。

關於十三層遺址點燈，當時有很深的體會，面對著即將到來的契機與挑戰，內心很是焦慮不安，很難說是歡喜還是擔憂成分的多少；那幾日，其實很煩躁，做什麼都不對味，整天像無頭蒼蠅般地窮忙。怪怪，我就是住在這裡而已呀，不可思議地，與這土地居然開始能有此情緒上的連結；或許應該說，我和在地居民正同時面臨未來可能的變化，就像是生命共同體一樣，我們的多重情緒產生共振，暫時無法安寧。

晚上約莫八點，終於看到完整點亮的一段儀式預演，如此熟悉卻又陌生的天空之城戲劇化地在眼前被亮出，瞬間好像整個遺址被喚醒，移居這個荒廢山城快二十年，從記憶中，她一直是沉睡的，第一次看她如此亮麗，像似在宣告著，曾經的風華。那一刻，心裡感動得超想哭，倒不是整個演出有多驚艷，而是我與這個地方的種種記憶湧現並快速倒帶，那情緒的帶動，終究是關於自己。

我這個中途移居的在地人都有這層自我投射，更何況一輩子都生活在這裡的老住民，經歷山城的起起落落，那曾經是不夜的選煉廠，那過去燈火通明的所在，對他們來說，應該是更不一樣的滋味吧。

曾一度，我們更想要遷居台東濱海處，於是和山夫出發從宜蘭沿著海岸線往南行，就為找尋一個安居之地。當年花東猶不是人們瘋狂要移居的地方，也不會有土地上插著要出售牌子或仲介，得靠嘴巴問，收到的回應常常是訝異狐疑與從沒料想到居然有人要買房這事。

被當地代書帶進原住民保留地，來到河寬超過兩百公尺的溪邊，手碰碰一旁的溫泉露頭水，還不忘仰頭順著引路的土地代書所指的對岸遠方：

「有看到那兩個山頭嗎？」

「有有有……」

「範圍就從這個山頭到另一個……」

「這麼大？」

「是呀，確實那麼大，通通就一百五十萬……」

他操著原住民的口音讓人有種時空錯亂的感覺，不到二百萬買下兩座山頭，感覺很超值呀！

「那怎麼過去？」轉著脖子四處探尋哪裡有路……

「那簡單，你先蓋一座橋搭過去，然後再開一條路上去……」

聽了瞬間的熱血都凝滯了，

蓋一座橋開一條路是要多少錢？

這一路的故事很多，最終我們沒有留在東部，成為西部來的人；我們雖渴望離開台北，但卻無法離開它太遠。一次工作中的休假日，與朋友相偕出遊山城，我們一路從九份、金瓜石最後來到水湳洞，聊呀聊的，突然覺得這個學生時代常來的山城好像是可以移居的地方。

記得那天晚上下著雨，在山城的小咖啡館裡，幾乎吃光了店裡能填飽肚子的食物，猶記著年輕老闆指向一個方向，有間屋子他舅舅曾經想買……

當時的我並未特別衝動，在那個方向的屋子，能見到海嗎？又在路邊，能有什麼期待呢？倒是有了個方向，可以搬到這山城海邊，而記憶中，這裡有間屋子要賣。

於是，山夫與我一放假就往水湳洞跑，我們最愛的宿舍區面向陰陽海的景色，不純粹為了看海，而是那角度可以看到選煉廠遺址。猶記得小時坐著老爸的車出遊，每每經過陰陽海邊時，山城微弱的點點白光總是吸引自己的目光，說不出來的悲情與荒蕪感受，是什麼樣的人住在那裡？他們過著什麼樣的生活？

沒想到多年後，我們來到了這裡尋尋覓覓，想成為這裡的一分子，成為這點點白光映照下的人。

一間要賣不賣的房子

當初循著可看到陰陽海與十三層遺址的景觀尋屋，進入社區內，卻只看到老人與狗，單單要開口問是否有房要賣，都顯得有點尷尬與唐突。那是山城歷經大量逃離潮沉澱後的時刻，村子裡的氣息好像是被按下了時間暫停鍵，一旁的工業遺址跟廠房，從頹圮的規模仍可感受過去的輝煌，在幾乎無人的街道上，感受很奇特。大多數人都已經離開或打算離開，而我們居然想移居到此，被問及的居民倒是一臉疑惑的看著眼前這兩個年輕人：

「為什麼要買屋？」

「想搬來住……」聽到這回答，對方眼睛瞪更大：
「為什麼要搬到這裡？我們是想走走不了呀……」
「因為很美呀……」
眼前的表情更是不解到極點的困惑……，看著四周風景：「美？你們不知道以前銅煙一出來是寸草不生嗎？」
「美能當飯吃喔？那我家賣你好了！」
「你家看得到海嗎？」
「開玩笑，這海邊耶，哪裡沒有海？」
於是跟著他走向街屋的第二排，根本是看不到海的。
「嗯，看不到海呀？」
「憨憨傻傻的，走出來看不就是海了？」
「想要在屋子裡頭就可以看到……」
「年輕人真的不懂，這裡颱風有多大你不知道嗎？躲在人家屋後頭最是安全了……」
「但在家裡就想看到海呀……」
我在心底吶喊卻也不好說出口了，都市人的海景第一排對在地人來說是不可思議的選項。這裡的每戶人家門口幾乎都面向山，即使面海有窗，也是極盡的開小到能通風即可。

城市裡來的人，就像初生之犢，浪漫到無可救藥不知要怕，颱風對我們而言，可能就是一個賺到意外休假的時機；但對山城海邊的人來說，每一次迎上來的風雨，都得賭上身家性命；雖然住在海邊，卻刻意背對著它；在此生活的人面對大自然的無情與自身條件的局限，也只有惹不起趕緊躲的唯一選項。

面對海景第一排的屋子始終無法如預期找到，突然腦中想起那間在咖啡館斜對面要出售的房子，就來去看看吧……。

與老屋第一次相見回家的那晚，是輾轉難眠的，不是因為太喜歡它，而是因為從腰部以下，被跳蚤叮咬到無一處倖免，癢到難以入眠，小小後悔為何要翻越小山堆進入廢棄的室內。看著一室的驚悚凌亂，曾經被火焚的痕跡、屋頂被燒破一個洞與角落已經成骨的狗屍，這是此地唯一貼上「出售」紅紙的一幢屋子。

不知怎的，對這屋子有種特別的感覺，於是撥出留在牆上的電話號碼，電話那頭是一個中年男子的聲音。

「你們有間屋子要賣是不是？」

「不賣了！」電話那頭口氣極其冷淡……

「怎麼不賣了？」

「就是不賣了……」隨即被掛上電話。

是我的聲音不討喜嗎？還是對方心情不好？一時自己內心小劇場不斷上演，無聊與不放棄如我，隔了一週，決定再撥打一次問問，還刻意調整了一下語調，像是另外一個人；「不賣！」無二話掛掉，還是被拒絕了，這主動昭告要賣卻不賣，我也真是被搞糊塗了，只好作罷。

後來與山夫兩人各自的工作也忙碌了起來，關於移居與尋屋計畫也暫歇；隔年，在一次東北角露營回程的路上，我們刻意繞著山城路徑回臺北，經過老屋出售的牌子仍舊高掛著，情不自禁，又把電話抄錄下來，然後有個念頭告訴自己：「上頭的字挺新鮮的，應該是重新再放上去的。」

於是這支購屋熱線再度被我啟動，電話那頭變成年輕女子的聲音：「喔，我們沒有要賣喔……」

這回換我有點毛了，忍不住抱怨那就不要一直掛著告示，這不是很困擾？於是開啟了我們之間快一小時的漫長對話，女子好奇著我為何想買，聊到我的生活、工作……好似我們就像許久不見的朋友敘舊聊天起來；「其實全家人都希望賣掉，但父親不捨，因為那是當初和大伯一磚一瓦建構起的家……」。

於是，她承諾會幫我再問問父親，給她一週的時間；留下我的電話號碼，心中升起一線希望，但仍舊是忐忑不安的，這種想要卻無法掌握在自己的被動等待，挺煎熬的。

我們都想要掌握著主導權，因為有權柄在身上，我們可以不求於人，人很不一樣卻又很一樣，沒有人真正想去討好任何人，基於所求與所要，人才可能委屈求全。學著等待，是一種學習，這是當時的我根本學不會的；於是我們再度出發，但不敢靠太近，只在附近的船塢仔撥出了那關鍵的一通電話，那頭是陌生的中年女子，這回換屋主太太上場，傳來了好消息：「要賣……」。

確定可以買了，那個當下的心情反而有點弔詭，不由自主的擔心與害怕湧上心頭，真要把僅有的積蓄投入一間破屋？掛上電話，又立即奔向老屋，面對著像鬼屋般的凌亂與不堪，心裡有點反悔退卻，真能把這屋子整理好嗎？買下一間像鬼屋的房子是不是太過瘋狂？

爬上露臺旁的出簷，望向前方的黃金瀑布坐下，更高處是茶壺山，左手望過去是陰陽海，這景色美得難自棄，真要選擇定居這裡了嗎？

這決定終究沒有猶豫太久，新臺幣六十萬要買下我們水湳洞四季的第一個家——夏天。小資如我們，從來沒想過六十萬的現金實體有多少，這裡的房子交易沒法貸款，不能轉帳也不接受支票，於是我帶著一個足以裝下冬季棉被的大袋子去銀行，交給了櫃檯小姐要提領六十萬紙鈔，同時超級緊張到怕被人搶劫；小姐忍不住噗嗤笑出來：「小姐，六十萬沒這麼多，一個能裝下吐司的紙袋就足足有餘了……」。

於是，帶上現金，我們買下了夏天，無需代書與仲介，因為沒有地契、甚至連證明這房子是誰的所有權文件都沒有，只是憑藉一張手寫的讓渡書，這個看似鬼屋的房產，變成我們的。

附記：那次漫長的電話過後，屋主的女兒對於我這個極欲想買他們家的人特別好奇，這當中居然還與媽媽相約到訪我當時任職的十三行博物館，想見見我這個人，有別於現在臺北人在水湳洞搶房的景況，彼時大家急欲出走往城裡去，我們卻逆向選擇從天龍國出走，連屋主都覺得奇怪吧！

買了一間人與人的故事

順利擁有夏天後，心裡還是很虛的，一紙手寫的讓渡書，再加上一間無法馬上入住的破屋子。買屋的快樂總是很短暫，尤其擁有的快感因為時間而迅速淡化，強度似動力加速度地急降，被連帶地當責所取代，瞬間回到現實面。

面對著一室的殘圮與凌亂，即使是具備空間設計專業的我們，仍舊沒有頭緒該如何處理與開始。老哥聽說我們在海邊買了間屋子，好奇地專程跑一趟想看看這個浪漫小屋。還記得他當場傻眼，在老屋前撥了通電話給我，叮嚀我先不要讓爸媽知道我的決定，鐵定會被碎唸到翻臉，而我也心裡有數感謝他的提醒。於是，就像我人生中幾個曾經的關鍵經歷，父母永遠是後來才知道的，也不知道這習慣是怎麼養成的，自己一直是這樣的孩子。

還記得房屋交易的那日，屋主特地找來一位鄰居當見證人，到現在還記得是一位滿頭白髮稍有駝背的老阿嬤，果真社區裡還真沒年輕人了。整個過程，她安靜地坐著沒過多表情，六十萬現金少了點鈔機的協助，也是需要點時間不斷手指沾濕口水清點的，數錢數得好忙碌。

完成最後手續雙方成交時（其實就是金額點清楚了，讓渡書雙方簽好名蓋章了），屋主隨即把一袋現金交給坐在一旁的見證人，一時讓人搞不清楚狀況；老人家緩緩從口袋裡抽出一張已經泛黃對折再對折的紙，一攤開又是一張讓渡書，上頭標註的住址居然跟我們買的房子是一樣的！我和山夫兩人困惑同時緊張的相視吞口水……。

故事是這樣的，最初這老屋是屋主和已過世的哥哥一同擴建起造的，鄰居們口中的大哥聽來是一位漂沛壯碩的男人，常常一出門就從二樓高的大門前直接往路旁的貨車後斗裡跳，帥氣破表！一個人留在他人腦海裡的記憶，如此特別，真讓人印象深刻。

哥哥當初為擴建家屋，向做建材的好兄弟賒貸材料，並簽下房子的讓渡書作為抵押。但這一借就是多年，歷經自家兄弟分家，再加上臺金公司停止運作，隨著居民口中的失業逃離潮紛紛搬離，留下人去樓空的屋子。

後來哥哥在異地意外離世，一直沒處理的債於是被擱置著；多年後，弟弟最終決定賣掉老家以洗刷老哥身後留下的污名，之前在想賣與不賣之間踟躕，只是對家屋的情感一時無法割捨所致；而終究為了哥哥的名聲，選擇了放手。

這張保存完好的借據是老婦人已故另一半留下的，在那個物資匱乏每個人都生活辛苦的時代，這張遲遲無法被償還的憑據，可能曾引發不知幾次的夫妻口角，在念及稱兄道弟之情與現實養家糊口之間拉扯，出借者與借貸者兩方都糾結與尷尬，慷慨給予一時協助但這帳同時到死都不能忘，最終，這兩個彼此承諾的人都離開了，讓一直放在心上的人來了結這個帳，這六十萬，應該把該有的利息都補上了，不知能否彌補這因此離散的情感，而老婦當下的心念又是什麼？

「幹！死老頭，你贏了，他們真的還錢了！」

看著眼前這一幕，我腦袋裡演繹一齣齣小劇場，不論這當中經過了什麼真實，由衷的佩服屋主的誠信還有老居民間的互信，這相挺的背後，絕對是以煎熬作為代價，讓時間一直一直地文火燉煮，不至於滾燙沸騰，但也退溫不了。人活著的價值是什麼？可能就是願意去承擔生命中來到我們當前的各種難題，認真經歷它，然後放下它吧。

我們買下了一間曾經是他人的家，柴米油鹽酸甜苦辣的滋味盡在其中，而接下來，我們即將努力改造它，成為我們的家，很妙的是，它也從此改變了我們。

我們家是許多人的家

移居山城快二十年，從最初兩人傻傻的買了第一間夏天，搬進人口外移嚴重的老聚落，到陸續承接鄰居們的老家，而擁有了水湳洞四季，而這春夏秋冬就剛好分別在不同的季節和我們同在一起。

前幾日新村芳書院來了一對特別有氣質的住宿母女，閒聊中，媽媽提及老家就在水湳洞，我很好奇，詳細問著在哪裡？這越問越有意思，腦中的山城地圖隨著她的描述，範圍越縮越小，感覺越來越熟悉，座標就這樣居然定位在我家的小院子！

不只是這緣分，幾年前在勸濟堂的圖書館推動 create for kids 時，認識超會講故事繪本的石老師，當時也驚喜她的故鄉在水湳洞，非常有親切感，彼此聊呀聊，她老家居然也在我家！

還有常來下頭鄰居阿姨家打麻將的大姐，那次經過打招呼，她也說我家曾經是她家，其中有段空屋時期，還是社區居民聚賭打四色牌的地方，只因在高高的路旁，居高臨下，警察來了，大家好四散逃離……，聽著聽著，頓失對老屋往昔的浪漫記憶，原來曾經是個筊間呀。人都不完美，這一間屋子裡來來去去的人所積累的故事，能僅挑著那美好的部分嗎？這才是真實吧。我們收集了像小山寨般規模的家，竟然曾經是好多人的家所組成的呀！

離開臺北生活搬到山城居住後，對於家，有了另一種想像，古人常說的壽終正寢，敍述著人最好的福報就是死在自己家裡，尤其是那張每天安睡的床；但在現代都市裡，其實很怕讓人知道有人死在家裡，即使是正常的往生，常常也要低調到不行，對外通通宣稱是在醫院走的；因為怕影響到房價，以後不好轉手與賣掉，同時這變成一種鄰居間的潛規則，貼心怕影響到居民的顧忌，家變成了一種商品，大家共同守護著一幢公寓大廈與一個區塊的價格。即使真發生事情，也要如常地生活著，將恐懼與害怕壓制在心底，也成為一種時代的現實。

在山城，透過修繕他人的老家到變成自己安身立命的家，對於家之於人有了另一種理解，村落裡每間屋子都是獨一無二的所在，每個方位與看出去的風景都不一樣，因為空間注入了過去生活的記憶，感覺好像有了靈魂並繼續滋養著。就像我們空手接著飄下的雪花，那一觸手心即溶看似什麼都沒了的化掉，也沒法看清楚是什麼。承接了別人的家，你不知道它的曾經，但確切地知道那些未知的過往真實存在過，而當下接棒到我們手裡，我們能做的，就是好好的在裡頭繼續過著看似平凡卻又不煩的日常。

後來因為開始在《聯合報》連載，書寫關於山城過去的記憶，居然收到這對來新村芳書院旅行母女的媽媽私訊，我們在不同時空共同擁有一個家：

「岑宜，看完你的買屋記，覺得很精采，也很感動！因為你的堅持與勇氣，才能讓廢墟蛻變重生。很開心看到那片土地上住了你們一家人——懂得欣賞水湳洞之美的人。我相信天堂不在遠方，充滿愛的地方就是天堂！這趟從臺中專程回水湳洞尋找記憶的旅行值得了！祝福你們！」

二十年前，我們只憑股傻勁大膽選擇了一條較少人走過的路徑，雖帶著許許多多的恐懼與懷疑，卻勇敢朝它走去，時間過去了驀然回首，一晃眼，我們走到了眼下這一步，永遠有關於保守與挑戰的選擇，我們常常基於恐懼而選擇前者，因為勇敢而踏上未知，沒有人能評斷哪一個選項是對的，只因有感而發。

附記：前一陣子社區搞了一個土地公遶境祈福的活動，信仰是凝結一個地方的重要工具，透過合作完成一件屬於大家的事，加深你我的關係；但隨著人口外流與老一輩的流逝，既有的結構疾速崩解，要如何能重新建構一個讓我們同在一起的可能性，集結著新與舊的住民，是所有身處地方的人絞盡腦汁努力尋求的答案。

我們忘記一切是如何開始的

出版這本書的前幾年開啟「住在陰陽海邊」在網路上的寫作行動後，意外地居然有好多人願意一個字一個字的看完並給予回饋，整個人突然帶勁起來的。接下來二〇二〇年在《聯合報》家庭副刊持續一年的專欄書寫，也意外有更多的陌生連結。人真是怪異的動物，總是需要他人的存在與肯定，我們所做的一切好像才能突顯其意義。在一個文字漸漸沒落並被影像動畫逐步取代的當代，選擇用文字來說故事，似乎也不是一件討好的事，更何況又是自己的事，與他人無關。

但終究，想書寫已經想了很多年了，懶惰成性也都有種種正當藉口無法開始，一旦真正開始寫了，也是整天沒fu的超焦慮，就像當年寫博論一樣，邊刷洗著不知已經被刷幾回合的馬桶，邊想著要如何繼續文字的產出……

大家好奇當初的我們，人生地不熟如何開始啟動修繕老屋？

尋找在地工班師傅，這過程確實也挺坎坷的，在那個只拆屋新建的年代，大家一聽到我們要修房子就一臉訝異，有的是來看看後等著後續估價，然後失去聯絡，電話不接再也找不到人，等於默默地宣告退場；老實說，一直仍未能習慣這種以沉默不再聯繫來代替拒絕的回應方式。有的是開了一個讓人下巴掉下來的天價，然後驕傲地四處放話說遇到城裡來的兩個呆凱子……。其實根本沒有人想修繕老房子，因為成本風險太高了，不知如何評估金額；有些師傅直接擺明，拆屋費用多少、清運費用多少、然後重新蓋一間一坪造價有多少……要修房子免談；嗯，要開始真是不容易呀。

看著一室年久月深的凌亂，山夫決定先把它好好清理一番，於是找來工地的朋友，把能清除的都清理了。一度，我天真地想把已經生草長樹的生機通通留下，那個別移走、這個要保留……看在師傅們眼底委實礙眼，二話不說，通通趁我不在時，速速移除。後來修建時，甚至有塊成分頗高的黃臘石，就被師傅因為少了一塊石頭而拿去一起砌在牆壁裡，意外變成房角石；心痛哀嚎之餘，不得不說，那可能是處理我的諸多奇怪想法最好的歸處，就這樣吧。

被燒毀的屋頂被掀開，陽光照射了進來，四周的山景也頓時收納了進來，整個屋子因為淨空了，反而感覺更加滿溢著，有光、有景、有風、有自然的聲音，流動在其中……，彷彿感受到夏天伸著懶腰說：「啊，好久沒這樣清爽與開展，沒了負擔，舒服多了呀！」

和山夫兩人合力丈量著老屋的尺寸，剛好可以更細緻的觀察它的每一個角落與空間，依靠著一座小山而建的屋子，某些地方還是切除石壁直接用來當牆使用。小山上站著兩棵超大的榕樹，排除一路的雜草，兩個人爬上坐在樹蔭下的岩石，從高處看著這屋子，好似它是真從土地裡長出來的有機物，雖然裡頭已經一無所有空空的，但看著不遠處的海、吹著風，我與山夫四目相望，像兩個小孩似地開心笑了出來。

接下來要怎麼辦？根本不知道能否找到人幫我們修繕房子，還有我們資金足夠嗎？但那個當下，兩個傻傻的人，坐在榕樹下，共築一個山居的美夢，邊討論著，邊在老牆上劃下了一些零星構想與藍圖，並熱切期待著它。

現在回頭記錄這些事，往事歷歷，快二十年的歲月過去，我們從年輕夫妻邁入中年男女，這一路放棄的與所穫的，熱切期待的與極度恐懼的，打造一場豐盛的山城歲月歷程。我們仍舊繼續往前行，所有感知的滋味與恐懼不確定，依舊沒有少讓我們感受，不禁對於人生的奇妙安排，與當年憑藉著勇氣並持續勇敢的我們，有滿滿的感謝。

與統包師傅的相遇

幾年前，在開始修繕新村芳書院的老屋時，我在臉書上記錄工程的現場狀況，許多朋友對統包師傅完全不陌生；沒錯，就是做事非常認真龜毛但脾氣也不是挺好的那位。

我們與他的相識，就是在快二十年前，還記得到戶政事務所辦理入籍，服務的工作人員一臉好奇我怎會從臺北搬來這個每年總人口數不斷下降的小鎮？聊著聊著，我無奈說起目前找無工班師傅修繕房子的困擾；沒想到好心的女士說到鄰居家的房子剛落成，師傅挺不錯的，可以幫我問問聯絡方式。過了幾天，我接到她的電話，手抄了一組電話號碼，那就是統包師傅——林先生登場。

緣分實在很奇妙，當時的我們，並不會知道，這支電話號碼連結的林先生，會成為我們在瑞芳生活很重要的朋友與支柱。一路看著我們從水湳洞四季到瑞芳老街上的新村芳書院，都少不了他的專業協助，每一幢屋子的修繕，都有他與百工師傅們的身影；現今他們都從當年的中壯年到屆齡退休的歲數。每個曾經修繕的空間，留下無數討論爭執到面紅耳赤的衝突記憶……。

在他眼裡，最初的山夫就是一個年輕的設計師；紙上談兵，不甚清楚實際工地是怎麼運作，對於山夫所提出的構思，總是快速回答：「那是不可能的……」；甚至我們因為購買當時很時興的壁掛式馬桶，他看著這不落地的奇怪模樣，也面帶懷疑的問止水閥哪裡去了？萬一壞了怎麼辦？「嗯，聽說這不會壞……」，隨即收到冷笑式的回應：「可憐喔，哪有什麼東西是不壞的……。」

他說的話確實也沒錯，但當時聽起來特別刺耳與不悅；看著房子在人家手裡要修，也只能笑臉回應，說來也是很孬呀！他總是堅持自己的既有工法與過去經驗，說實話，還真的不是一個挺好溝通的人。再加上我們是外來者又年輕，當時很白目地將土木包與水電包分開，犯了大忌；搞得兩組不同的工班，互看不順眼、互相挑毛病，不時偷拍照跟我們打小報告。

明明是該好好一起合作的工種，兩造的不讓步與拒絕給予彼此方便的協助，搞得雞飛狗跳。有次我自己去探工地，實在看不下去這相互的衝突，本想在當中做調解，沒想到也被罵，於是假裝超委屈的哭；但哭是哭了，完全沒路用，我果真不適合當苦旦賣弄可憐。師傅那頭可沒心軟，反而更加惱怒，乾脆撥通電話給當時還在臺北上班的山夫說不做了……。

好在，衝突總是看似崩盤，但常常也是一個可以逆轉的契機，就看那個當下，我們決定用什麼樣的態度回應；統包師傅回家後被老婆曉以大義唸了一頓，確實也自我反省了一番，不知為何對這兩個年輕人特別有意見。於是，在雙方有點尷尬與歉意中，繼續夏天的修繕，衝突不再。

二十年的歲月不可思議的就這樣過去了，我們住在一個地方，眼睜睜的看著彼此的老去，卻不覺得傷感；林先生也與山夫變成忘年之交，他們倆，既像朋友，又像父子；剛開始常常當著我的面說，這給我當女婿該有多好……；你還真的多想了。

林先生漸漸地從什麼事都先說不可能、做不到、沒辦法的「三不」，到後來會試著嘗試新法，然後回頭稱讚這山夫小老弟有一套；更有趣的是，他在小鎮或山城蓋的房子，開始有所不同，捨棄了應該與不應該，有些受到啟蒙似地改變。在後來的山城歲月裡，常常提著自家燉的香嫩豬腳來敲門，攤開自己手繪的簡易建築圖，要山夫幫忙給點建議，到後來乾脆情商把電腦繪圖也畫了，更加碼連估價單也要變成電腦打字；拿著列印美美的資料，面露微笑說道：「圖面與資料升級了，價錢就更好談了……」，在越來越講究視覺的世界，貪戀美感，無形中是要付出代價的，但也挺好，是吧？

這一路沒有預期卻相互陪伴往前行，十幾年下來，這兩人有默契的共同完成不同的挑戰，成就了水湳洞四季。近二十年後攜手完成新村芳書院，這個更加非常不容易修繕的案件，搞了快兩年，又是兩人並肩合作的另一個里程碑。

山夫從一個不太動手做，到開始與師傅們一起搬磚、剷砂石、練肖話……，搞得一身髒汙與汗水，一磚一瓦地建構起自己在水湳洞的家；家不再是一間被打造好的商品，進而有機會重新檢視自己與建築的關係；最終，這個曾經出走轉向景觀設計多年的人，因為生命中移居山城的選擇，重拾書本，努力苦讀通過建築師的國家考試。

雖說人一生所創造的種種頭銜終究皆是空，但我們也唯有在努力取得的過程中，方有機會一步步地把自己的自信與認同建構起來；而當擁有了，這個外加的東西是不是必要，從來就不是個問題。最終我們真心接受了自己，他人如何看待，這內在引發波動的小劇場就會減緩，甚至不動如山。

一個建築師與一位統包師傅的情感，極其微妙，和擁有的學歷與社會地位無關，沒有誰高誰低，單純的回歸到人與人彼此的互助與相知，連無法對家人言喻的心裡話都能談，也隨時願意為對方挺身而出。但在新村芳書院修繕的過程中，兩人差點因為爭執而葬送掉十幾年的情誼，在各自煎熬惱怒中，也終因有人願意先退讓，才得以挽回；衝突能化解的當下，都會轉化成一種更深的黏著，關係就是這樣建構拆掉再積累而成的。

真實的人生，那些我們以為會一直相伴到老的朋友，卻礙於種種因素讓我們分離與失散，可能是那解不開的心結、或可能是各自聯想衍生的誤解；甚或是每個人前進的步伐不一產生懸殊；或走向歧異的道路，導致各自生命的圈圈越離越遠，終究無法交集。

我們因為選擇離開臺北生活，與許多都市的人事物連結漸漸斷線；同時很妙的是，因與他人的生活日常所產生差異，引發了早已疏離或陌生的他人再度因好奇而進入我們的生命中，而藉此重新認識那個早已被認定角色性格的我們。

在一個地方好好久久的活著，才有機會好好的認識及體驗與你相遇的人。

火燒山作為一種入厝的儀式

我們家背靠著一座小小山，裡頭有個可容納五人的防空小洞，剛搬來初見時大呼小叫感覺超驚奇，沒想到自家也能有個防空洞，未免也太酷。腦袋立時聯想到許多畫面，可以釀酒藏窖、可以夏天納涼、可以栽培香菇、或是來弄個柴燒洞……。

二戰時的金瓜石水湳洞可是東亞盛產金銅的重鎮，大量銅被挖掘提供冶煉以供應戰事，所以美軍有計畫地轟炸基隆港之餘，也順道來比鄰的金礦山繞場一下；因應這隨時的突襲，礦山人鑿洞的本事盡情發揮，自家旁如果靠山都會自行挖掘一個提供暫時保命的防空洞。看著這個洞，耳聞柴燒的趣味，於是突發奇想的想拿來燒陶用，裝修的木工師傅留下大量角料廢材，通通拿來當燃料也是剛好。但話說，火要燃燒也不是想像中容易，幾次都起火不成，洞口被塞成了一團直接放棄。

一次舒服的冬陽日，室內地板要上漆，師傅叮嚀我們別進屋干擾，索性到屋頂露臺吃點心泡泡茶。話說，玩火真是人類的天性，不論大小，山夫大姊聽到我們的柴燒構思，好奇也去將火點燃試試；但搞半天火苗一下就熄了，也是整個放棄，還是乖乖地喝茶賞景。一家人邊看著黃金瀑布方向的山與水景，一邊望著不遠處的海景，想想我們是如此幸福，得以在一個適當的距離觀賞這無敵景觀。

霎時覺得怪怪，為何瀑布那頭的遊客不看瀑布反而都轉向看著我們這頭呢？當我們順著遠方遊客的視角往後瞧時，才驚覺大事不妙，小山冒起濃濃的狼煙，正在訝異煙怎如此大時，突然轟一聲火勢就這樣瞬間點燃，整個小山從洞口開始瘋狂向上蔓延燒著，天呀，傳說中的火燒山。當下可著急了，一夥人一時不知該要先做點什麼，慌張到在一旁團團轉，心裡冒著快救火快救火的念頭，隨即一家人各自趕忙想著如何救火，拉著水管要澆，結果水源在下頭壓力不夠大，水管硬拉上去，不爭氣垂頭喪氣的勉強滴了幾滴意思意思，完全讓人超崩潰。

越看越急，想起從小到大耳提面命的那支電話號碼，趕忙拿起手機撥打一一〇，那頭的接話人員問著需求：「我、我、我們家失火了……」語無倫次的連珠砲。「小姐小姐，先沉住氣，我知道你家失火非常緊急，但你家在哪裡？」「在、在、在水滴洞……」「是臺中水湳機場附近嗎？小姐，你這樣說我們不知道在哪裡，可否有地址我好幫你通報……」。報上住址後，迅速奔馳回去投入救災，現場一時讓人傻眼——好熱鬧，不知打哪來的，四面八方冒出一堆半生不熟的鄰居；分別拿著拖把掃把的趕來看似要幫忙救災。是說不拿家裡的水桶鍋盆來盛水澆熄，那拖把是剛好家裡正在拖地來不及放手來觀火嗎？

心裡想著水水水在哪裡，想到小山緊鄰的隔壁破屋裡頭好像有個老浴缸，裡頭應該有水。曾經因為多年廢棄雜草叢生，裡頭怕有蟲有蛇我是真不敢進去，當下情急了，不知哪來的勇氣，撥了亂草障礙物就往裡頭鑽去，用澡缸裡的汙水，勺起澆火；眼角不時瞥見家人各自用不同方式挺進面對火勢，大家各自忙著用自己的方式搶救；也當下理解為何有人情急在火災時能扛出冰箱，根本就是腎上腺素很給力。弄半天，毫無起色，熊熊大火一路延燒，腦中出現夜間新聞即將要出現山區大火的消息，而畫面可能會帶到狼狽與倉皇無助的我們，但這火真是完全無法控制呀。

說時遲那時快，鄰居手腳麻利地用拖把拍打出一條防火線，試著讓火不要蔓延，原來打火真是要用拖把呀，城市鄉巴佬也真上了一課。這時腦中突然出現滅火器的畫面，平時在社區晃來晃去，里長好像有在哪裡安放，於是我飛奔去取了一支，我從來不知要如何使用，直接交給山夫，他即刻純熟地打開噴灑滅了主火，聽說是當兵訓練的，專職當教官，當下看著他，覺得打火英雄好帥氣。餘燼滅了，這時，對面瀑布停了輛消防車，看樣子是迷路找不到地址所在，好在趕緊又播了通電話，取消了通報，否則可能要寫上報告被調查有縱火案底了。

於是，無需一一邀請鄰居們來我們新落成的家屋，這場火，已經主動讓大家毫無顧忌地聚集在此，大夥邊幫忙打火邊四處欣賞著，口中直說空間實在很素溪。而本來不准我們進門的油漆師傅，看著一地被踩髒的地板，崩潰很想哭，他本來是在睡午覺休息的，被火災吵醒神智不清慌張地加入滅火行列，本來在等漆乾的地板，被來來去去搶著救火的人搞得一地的腳印，那各式鞋子印痕的軌跡，全然呈現出那當下的混亂，像一幅集體共同創作的作品。師傳淚奔想著一切得重來，難道這是夢嗎？

小山被火勢燒得光禿禿的，當下挺感恩火勢沒有繼續蔓延到後山，聽說幾年前的大火把山豬野兔都逼出來了，真是難以想像。而過了十幾年後的現在，小山重生歷經先鋒芒草期、再來蕨類植物的接班到開始有先遣灌木植物的扎根，感嘆大自然的生命力。因為這場火，與水湳洞的鄰居們剛好作為一種即興式的見面儀式，少了推託、害羞、拒絕與尷尬，這間屋子因為一場火，讓我們一夕爆紅，非正式地被居民認識成為小山村的一分子。而鄰居們看到我們，總會聯想起：「喔，放火把小山燒了的臺北人……」，有一段不短的日子，總是這樣開啟對話，直到燒黑的小山開始長回生機的綠為止。

遇見謎樣的女子

秋天的季節，總會讓我想起一位女子；當年的她因為想書寫故鄉，回到水湳洞，但居住的日式宿舍早已被拆除無一物，家沒了實體空間，整天在社區晃呀晃的，憑藉著一張像父親的臉蛋，在社區裡頭重新與老鄰居們連結與敘舊，當她與我在社區裡不期而遇打照面時，發覺居然無法相映出一種在地曾經有的記憶共識，於是對我這個外來者產生了好奇，一路跟著回家。

她說才剛從小時候大人們口中的神仙洞回來，傳說在海邊漁港那有個海蝕小山洞，裡頭擺放著石桌與石椅，是神仙們聚會喝茶聊天的處所……。

我好奇問有找到嗎？

她點點頭說，還真被她找到，獨自一人一路披荊斬棘的尋到洞口，發覺幾年前的颱風土石流將洞口堆積半掩了起來，要進入得往下跳。傻乎乎的她，透著微光沒能看清洞內景狀，居然不加思索十分勇敢的跳下去，突然乒一聲，聽起來是陶瓷器的碎裂聲，稍適應洞內的光線後一看，居然是一鐔鐔的骨灰罐。

依據口述尺寸大小，正確來說應該是裝撿骨的陶甕，看著被她踩碎一地的窘況，聽說還有露出像考古般的白骨，小女子花容失色驚嚇之餘，還真的瞥見仙人們的石桌椅，顧不得坐下來感受仙氣，速速爬出洞內逃離現場。

水滴洞真有仙洞，這可是大事了！趕緊去跟老鄰居們證實，老太太們聽了相視噗嗤笑出來，哪來的神仙神桌呀，最初通通都是人們扛進去的，為的就是貪圖洞裡冬暖夏涼的恆溫，二來大家聚賭也是個挺好躲藏的空間。只能說，大人們的世界太過真實，神仙洞的故事也算是父親的浪漫，努力守護孩子的純真，搞得女子離鄉多年，這小時候的謎，說什麼也要去解開。

跟我說完這個故事後，她消失了一陣子，再相遇，夏天老屋已經被整修好了，倒是她感覺變得稍有點說不出來的不一樣，但仍是記憶中的爽朗。炎熱的夏天，她一直穿著長衫，後來她脫掉長袖，露出看似曾經被絞亂的手臂，原來失聯的這些日子，躺在醫院，只因長期餵養的流浪狗突然發了瘋似的狂咬她的手不放，造成極其嚴重的撕裂傷與嚴重感染。

那段日子，她重新回到我在小山村的生活裡，每天帶著我上山下海探尋她記憶中的水湳洞，闖入各種廢墟、還爬到高高的山頂，站在老砲臺上望著陰陽海，指著那曾經搭著跳水板的石頭，開心說那就是小時候戲水的海水浴場，然後仔細說著每回要下海，都要先站這麼高看著陰陽海的橘黃流向，以確認今日是否能下水⋯⋯。

那些年，水湳洞居民生活有點不安，因為村裡的私有土地地主返回來討土地，雙方仍處在歷史舊帳誰對誰錯的爭執點上，幾度談判會議上有些小抗爭，甚至氣憤從家裡扛出瓦斯桶手裡拿著打火機恐嚇的也有。看在她眼裡，五味雜陳很想做點什麼，但已經失去居住權與在地家屋的她，該用什麼樣的角色發聲？而看著平和沉靜的社區，因為居住的土地正義而顯露出很真實面貌，那樣的衝擊，似乎違背了她對於這個地方的美好記憶。

還記得，那一天順道載她回臺北，在車上，她喃喃自語著在自己的世界裡不太搭理其他人，然後變得好安靜，看著她下車後往捷運站走去的背影，突然覺得好陌生與遙遠，而我從來沒想到，之後我從此沒再見到她，幾次感覺熟悉的身影走過家前，我都以為是她又回來了。

她像風一樣消逝了，好似被導演莫名其妙地刪改了我在山城歲月日常裡的劇本。因為她，我聽到了這個山城曾經的悲歡歲月故事；因為她，我踏查了這塊土地上的每一個角落。她似乎是特別安排來幫我補修未盡的課程，補綴上我與這裡的記憶斷層，把她在陰陽海邊的兒時美好回憶，移轉到我這個新住民上，以讓我能好好在此扎根接續下去；她預備要出版的那本關於故鄉的書依然沒有下文，如今，變成我開始一字字的書寫下曾經的山村歲月，這一切安排，竟是如此的不可思議與無法理解。

寫著寫著，我拉開桌邊的窗簾望向海，妳，還好嗎？此刻的我不知怎的，特別想妳，想讓妳知道我在妳故鄉這些年所歷經的事，而妳穿走我那件米黃色外套，何時要還我？

有種守護與陪伴叫菜車

剛搬來水湳洞生活時，購買物品與外食都非常不便，家裡常常要備足糧草，一次採買都得至少撐起一週的分量，其實挺疑惑，沒有交通工具的鄰居老人家們，如何解決這些日常必需的問題。

有天，賣麵包的車子從我家樓下駛過，聽著車裡傳出吆喝大家來買麵包的廣播聲響，就像荒漠見甘泉般，我立馬快步出門要喚停，無奈每次都是看著揚長而去的車尾燈嘆息，空留我一人在路邊揮著手，住家這一區的空屋閒置無人煙太久，老闆早已經習慣加速的跳過。

有天叫賣聲音居然停留在外頭意外的久，趕緊從窗戶探去，原來老闆尿急停車上公廁，這可真讓我等到了，立即奪門飛奔而去堵他，剛如廁出來的老闆看見我也嚇了一跳，這剛搬來的新住戶居然買了一堆各式鬆軟的麵包。成為老闆眼中的大戶後，他也不想錯過我，每回經過就會刻意放慢速度，但我們就像牛郎織女般的超沒緣分，不是這麼剛好不在家，就是我蹲坐在馬桶上一時無法行動；幾次沒回應之下，他又不在我家附近停留，這下又沒麵包吃了。於是，我開始和他約定，如果經過看到我家外頭的燈亮著，就表示今天要買麵包，得停車等等我，就這樣達成了協議。於是，在山城初始的歲月中，有著麵包們提供飽足滿意的陪伴，雖不是味道特好的極品，但那是一種仍維繫著過往都市生活便利的滋味，麵包成了我對臺北的鄉愁慰藉。

漸漸地我發現，社區裡頭除了專賣麵包的流動車販，還有菜車、漁車與肉車等各式雜貨車，固定早晨會集中在社區里民服務中心外頭的小廣場。那是每天早晨最初始的市集集散地，待大家採買完畢後，各車隨即開始繞著山城叫賣，以自己經驗積累所建構的路線。我最愛看菜車，除了各式當令蔬果外，貨車上總是放滿掛滿各式食品，醬料、油品、雞蛋、麵條……，簡直就是一個行動小雜貨店，而且還有代購服務，幫誰順道帶上水餃皮或是好吃的基隆肉羹。行駛時，整臺車的貨品隨著搖搖晃晃的，好似大家一同唱著：「走走……走走走，我們小手拉小手，一同去郊遊……」有種山城同樂會一起出遊的興奮感。

車上的蔬果也許不是尚好與新鮮，價格添加了運費其實也不便宜，但是山城裡不便出門的老人們非常重要的食材供應商。除此之外，販賣之餘閒話家常確認大家是否安好，同時是很重要的社區守護行動。有次一位獨居老人突然中風倒地不起受困幾日，也幸好是車販老闆察覺那個愛嫌東嫌西的阿伯怎都沒出門採買，到家敲門探望，這才即時被搶救撿回一條命；老人家被發現時，已和自己的排泄物共處多日，很難想像時間拖久後的情況。

這樣的經濟模式，隨著人口日漸凋零漸漸無法支撐起營運成本，再加上歲月催人老，菜車的老闆們也跟著老，常聽誰誰誰因為身體不堪不再開菜車上山來叫賣，一輛輛菜車一輛輛在社區舞臺中消失。突然有一天，又見車子出現在社區中；到最後，那已是一種責任與不捨，他們知道，一旦他們不上山，有些人的日子會更加不便。於是，能做多久就持續做著，已經與賺多少錢無關。至於老人家們，即使兒孫不時會幫忙添購日常，每回菜車來，照舊要靠近菜車，買點什麼。一句不正經的玩笑與調侃、嫌棄一下菜況的不佳、照例討價還價的對話、或是誰誰誰剛走的訊息，彼此維繫的，是一份說不清的牽絆與惦記，構成了山城歲月中很重要的日常情節。

作為一個剛搬來的外來者，我們很難理解他們彼此的關係，就像一樣買菜，老闆就是會多送點青蔥給姨嬤，交陪就是這麼回事吧，時間沉澱出來的東西，除了讓酒好喝外，就是人與人之間說不出的陳釀醇味。

我的鄰居是藝術家

搬去水湳洞定居時，山城剛歷經逃離潮，臺金公司結束營業後，在地失去工作機會，迫於生計與未來，有能力能離開的幾乎都搬離了。雖住在聚落裡，但緊鄰我家的屋舍都是空屋沒人居住；每到夜晚，慘白的路燈一亮，對於習慣在都市生活的我來說，就像是進入恐怖屋裡頭探險，常常自己嚇自己超恐怖。好不容易盼到路燈壞了，斗膽和里長商量將燈泡換成橙黃色，她一臉困惑為何需要換色？

「因為我怕看到鬼……」我緩緩說。

貼心的她，強忍住恥笑，真想辦法幫忙換了，為了我這個新住戶。後來不知是我念力太大還是怎樣，環繞我家的路燈們陸續都壞了，逐漸地，在黑暗中開始出現黃光，超感謝里長的熱心幫忙，殊不知，這夜間的暖光，陪伴著我度過山城歲月最初始的恐懼與不安。附近閒置空屋實在太多，鄰房曾經還被偷渡客住了不少日子，直到老兄餓到出門跟鄰居討食這才報警處理。

有天，我們隔壁鄰居的屋子有動靜，裡頭居然有光亮，想說不會吧，還真又游上岸一位？於是有點緊張的壯起膽子來去探一探，迎面而來，一個滿臉鬍渣黝黑的男人，凌亂的頭髮與一身破衣短褲，看起來真的頗狼狽，但整身是乾的，心想看來上岸一陣子了……。

「你有吃的嗎？」他大剌剌的問我，厚，還真敢問，我該報警嗎？心裡正在猶豫盤算著這件事時，他隨即問我：「從哪裡搬來的？要不要進屋來？」看來是熟客常來已經當自己家囉？腦袋正在胡思亂想編劇碼時，他打開門邀我。

好奇心驅使，我真有膽走了進去，映入眼簾的景象讓我驚呆，小小空間塞滿各式東西，看似凌亂卻又有其規矩，像極了一個小型的博物館，轉角還有一個模擬的礦坑道，坑口的警示燈還可以一紅一綠地閃著，似乎小礦車就要喃喃喃的駛出來，這神奇空間也太超現實了，我就像一隻名叫劉姥姥的青蛙，進到這不可思議的大觀園裡頭，一直聒聒聒。

原來他不是偷渡客而是個學藝術的，雖然心裡嘀咕著實在看不出來哪裡是，但人家都自稱了，就應該是吧。他叫阿進，幾年前從法國留學回來，知道母親在山城買了間屋子，於是找了朋友東搞西搞整頓一翻住了下來。在那個工廠關閉人群不斷離開的歲月，他進到每個被棄置的空間裡，把器物通通搬回家，能拆能搬的，全部都在這屋子裡，活像個小小的博物館，整個空間裡沒有一樣是屬於他的，這算是賊窟嗎？有坑道裡頭的器具、有大禮堂懸吊的手工吊燈、有礦工醫院裡頭醫師手術用的整套器具配備……，這逃離潮到底是有多緊急，怎感覺像極了科幻片或災難片，經歷一場瘟疫或是外星人的大突襲，物件原來所處的場景中，人被抽離了，器物都在，但人事全非。

我看著眼前這不太修邊幅的人想著，所謂的藝術家就是這樣？感覺把生活搞得一團糟，看到他時不是抽菸就是喝酒，沒在做什麼世俗認定的正事，悠悠哉哉的，憤世嫉俗地東罵西罵，有些聽聽也都挺有道理的。只知道他在水湳洞的生活模式持續了幾年，後來為了生活南下開設美術教室，甚至還聽說成家立業過起尋常人的生活，甚少回來讓我以為又是一間空屋。可能知道有鄰居了，他回來的機率變高了，每次回來就閒聊一下自己又做了什麼樣的創舉，或批評政府官員狗眼看人低，總是沒把身為藝術家的他看在眼裡，強烈感受到他的十分在意……。

過去山城生活的朋友總會被招來相聚，基本咖就是阿妹與水電哥，阿妹是鄰居阿姨的女兒，是阿進看著長大的，為了要工作早不住這，帶著兩個幼小孩子，坐在門口就哺乳起來；而水電哥就像是大哥般，阿進每次回來，就要幫忙張羅吃喝的帶給阿進。透過他們的言談，腦中漸漸拼湊出那曾經在此度過的荒唐歲月；同時也知悉了把我們家屋頂燒出一個洞的凶手就是他。

阿進回來的那幾天，總會出現幾位文青般的個性女子來訪，阿妹曾偷偷把我拉到一旁說：「那都是進哥的紅粉知己們，回到水湳洞，就相約溫存一番……」聽得我都覺得臉紅與不可思議，搞不懂這傢伙的魅力在哪裡。每回來一次，你可以感覺出他就多了點消沉與不得志，回到水湳洞對他來說像是種暫時的解脫，可以逃避自己選擇世俗生活後的落寞與不甘；被家庭與工作中磨平了精力與光彩，從驕傲自大的高談闊論，開始有所收斂，話也變少了，雖然偶爾還是會狂妄地說要搞一臺行動的兒童美術館在臺灣走透透，但自己那臺老金龜也動不了了，最終他被困在某一個地方。

原本以為罹癌的母親會將這屋子留給他，最終卻交給擔任高階公務員的妹妹，媽媽的選擇很正常，慣了一輩子的兒子，末了讓人最不放心，根本無法交託；同一個家庭養出兩個截然不同的兄妹，頗耐人尋味。屋子被賣了，一屋子的東西得找地方安頓，阿進開著長途車來來回回載運，身旁多了一位沒見過的女性，幫忙著當苦力搬運這些文物，原來是他的妻子，一個素淨的女子，話不多忙著手邊的事，感覺挺疲累的……。那些陪著風花雪月的人，不會在這男人最無助與需要的時候現身，連我都懶得幫忙，窩在家裡當作沒看到。最終仍舊是那個最在乎他的人，才會說什麼都跟著一道承受，即使心裡幹死了都還願意幫你。

寫著寫著，想想我這個在旁看戲的，跟他是差不多的貨色，我們都是如此任性的被寵著，極度自卑又過分自大，渴望被這世界所看到，卻一次次的失落與挫敗，功成者眾星拱月，一切都是最好安排；慘遭敗退的殘局往往都是真正愛我們的人出面收拾。我們之所以能夠把他人看得如此清晰透徹，完全因為他者就像面鏡子般的反射出關於自己，你越清楚對方是何種底細，你就越能在這裡頭看見自己的不完美之處。人與人在一起，從來就不是要來相互折磨與批判的，而是透過相互的觀看，照見自己的侷限，道理簡單，做到卻很難。

最後一車要搬離開前，他手抄下地址給我，要我有機會去找他；心裡一直記著這件事，但我從來沒有出發。那張紙，也不知道哪裡去了，每回經過那已經半塌的屋子，總會想起曾經有個藝術家是我的鄰居，只是不知那臺裝載著夢想的行動車究竟啟程了沒？

遭竊記

剛搬到水湳洞定居時，老爸不知哪來的奇想，有天來訪時幽幽地說，搬新家遲早一定會遭一次小偷的。我們聽到笑笑也沒太在意，因為當時的陰陽海邊，是座非常僻靜的小山村，人口組成相當單純與平實，也根本不會有遊客經過，就算有的話，應該也是不小心迷路的。

被老爸一語成讖，我們家終究遭竊了，就在搬來定居的第三年。清晨五點時分，睡得正香甜，被多到爆的蚊子騷擾到再也睡不著。山夫起床下樓大喊公公的畫不見了，我急忙下樓，看到小貓 KIKI 居然在屋外閒晃，而空蕩蕩的牆壁徒留掛畫的痕跡，公公的那兩幅畫呢？這才意識到，我們家遭小偷了，而那要命多的蚊子，是離開前沒順手給關上紗門呀！

報了警，管區的警察先生來了，他開口問：「你們昨晚不在家嗎？」，這時收留的流浪狗黑皮跑回家開始對他猛叫；「你們還有養狗喔！那狗昨晚沒叫嗎?!」知道我們沒出門只是在樓梯旁的二樓睡覺，而忠實的狗兒一夜狂吠也沒能叫醒貪睡的我們時，他噗嗤強忍著笑做筆錄。水湳洞的夏夜極涼爽，壓根不用開冷氣，當時我們不假思索地就只是享受著傳說中夜不閉戶的生活，門窗大開引進夏夜涼風好入眠，萬萬沒想到，這般浪漫情懷居然被宵小給破壞了。

第一次自家被人入侵的感受一時理不清，交織著極端憤怒、十分害怕與深沉擔憂。不僅是財務上的損失，而是有種被窺看與奪取隱私，加上被搜走的現金（嗚嗚，那兩萬元是隔天要付給師傅們的費用……）、公公用心畫的畫、旅程的紀念品、書架上的雕塑……。朋友們聽到我們的損失多半是變賣不了幾毛錢，對我們有意義卻對他人是無價值的物品，開玩笑說對方應該是想開民宿。我則開始合理懷疑與認定對方可能是在地人或有地緣關係，居然連除溼機也扛走了，也算識貨地明白那可是在此生活的必需品。

接著發現本人的背包也不見了，就在一一掛失所有信用卡、提款卡與手機的手續完成時，山夫在一只籐編的袋子裡發現我的錢包與原本放在袋子裡的資料，裡頭還有一張小偷大人寫給我的紙條——「抱歉拿了妳的錢，不過妳的證件我都沒有動，請原諒謝謝！」手裡拿著紙條的我啼笑皆非，大叫一聲：「幹！」這是演哪一齣呀？

我一定曾經看過你，不然你不會留張字條給我。

你何必跟我抱歉，我永遠不會忘記你拿走家人送我的禮物。

你幹嘛跟我謝謝，你拿走的東西，我又沒說要送你。

你有什麼資格請求我原諒，你讓我覺得家不再安全了。

因為你，我開始緊關門窗，原來夜不閉戶是個屁，我不能睡在夏夜的涼風裡。

因為你，我開始將窗簾拉上，老覺得有雙眼睛在偷窺。

因為你，我開始疑神疑鬼，懷疑與自己擦身而過的陌生人，我不再對陌生人笑了。

因為你，我徹夜難眠，害怕醒來又要失去對我有意義的東西。

因為你，我開始覺得待在家裡不安全，被別人入侵的感覺很不好。

因為你，我必須隨時拎著一堆鑰匙，因為我不知道何時你又來拿走它們。

因為你，我發覺好眠是一種罪惡，該死，我為什麼睡得這麼沉。

遭竊後過了幾日，正和山夫在吃著晚餐，忽然聽到阿狗們的狂吠，有了一次遭竊的慘痛代價後，這次可是機警的往門外探去，門外無動靜，但似乎有異，隱約看到門口被放置著一個東西，想說可能是鄰長又來發送東西了，習慣性的打開門要拿取。

門一開，當場愣住，門口是一顆直徑約二十公分的大石頭擺放在眼前，媽呀，頓時打從心裡開始毛了起來，一腳將它踢開，石頭在階梯上滾了幾聲掉下去，那聲響突然變得很詭異，令人毛骨悚然。我隨即四周張望著是否有人影，遇到這等怪異事，在以前我們可能會笑笑暗罵哪個無聊的傢伙，但當時才遭逢闖空門事件又正值鬼月期間，我和山夫越想越不對，這到底是人是鬼？是人的話，看來是來做記號今晚又要大幹一場嗎？腦海中出現的是阿里巴巴與四十大盜的故事畫面，難道小偷要再度光臨先做個記號給同伴知曉？不過這記號也太大了吧！還是擺明要找我們挑釁？實在是誰招惹誰呢？

越想越不明白，越想越毛骨悚然，夫妻倆商量著今晚索性就通宵看影片，整夜守株待兔，召喚兩隻狗兒回巢，各賞兩口牛排賄賂一下，今晚就靠牠們充場面鎮守了。隨即又商量著該打電話給哪個好心的朋友來助陣壯膽，唉，我們家人丁實在太少，離開了人群索居，此刻又意識到人多勢眾的好處呀。

山夫拿著剛買的藍波刀衝上屋頂四處張望，家裡自從遭竊後，這刀總是放在床邊陪他入眠，忽然意識到原本讓人安心的家園變得令人不安與恐懼，心裡忽然冒出要班師回朝搬回臺北的念頭，看來還是住在鴿子籠式的集合住宅卡實在，人多總是一件好事……。

正當我們兩人在屋頂虎視眈眈緊張向四處張望時，山夫的手機響起，電話那頭的朋友似笑非笑的講著無關緊要的事，忽然提問：「你們家門口有什麼東西嗎？」，靠！山夫手持電話罵了一聲，頓時，警報解除，原來咱們這位無聊的李先生當晚和朋友路過我們家，基於時間太倉促不便打擾，但覺得都來了，凡走過必留下痕跡地擱個證據，就從路旁撿了顆石頭放在我家門前以茲證明到此一遊，搞得我們神經兮兮……。電話那頭的他還直抱怨說附近石頭還真不好找，從近溪床處搬上來很費力。他全然不知當時的我們就像驚弓之鳥，整個身心狀況還未從家裡遭竊事件中平復，人生這些荒謬，總攪得人哭笑不得。

就在我快忘記十幾年前的遭竊往事，有次整理書櫃看到當初小偷留給我的紙條，把我拉回到那兩個傻傻的天龍國人，搬到當時幽靜異常的山村裡生活，彷彿來到夜不閉戶路不拾遺的烏托邦。那個仲夏之夜，貪著涼風與蟲鳴聲，門戶洞開地雙雙入眠，直到清晨被蚊蟲叮咬吵到醒來。愣愣地看著被打開的紗窗門與有點空的一樓，原來遭小偷了，而這賊居然還花了點時間，給我寫了字條……。這麼多年過去了，你現在過得如何？我的錢當時有幫到你嗎？

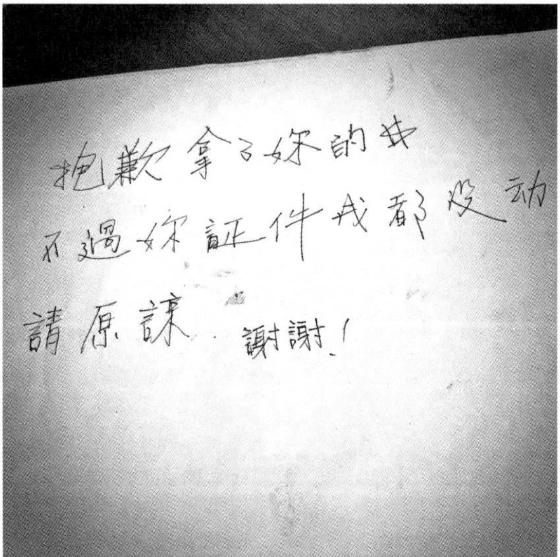
抱歉拿了妳的
不過妳証件我都沒動
請原諒 謝謝!

秋

我是在地人

就像《鬼滅之刃》中蜘蛛山裡的累，
空虛而嚮往著人與人的羈絆。
透過不斷的創造機會與任何可能，來交換人與人的在一起，
殊不知，成熟的關係，
從來不是透過攏絡而來的……

離家與回家有一間剃頭店

一天，在慣常經過的街角剃頭店，看到久違了的身影，剃頭店的阿龍回家了，整個人看起來更成熟些，讓人放心，也讓人打從心底開心。曾經因他的離家，搞得社區沸沸揚揚耳語不斷，但出走多時，隨著日子的沉澱，鄰居們開始習慣不再詢問，而家人也學會慢慢接受。

少了阿龍的看護與清掃，社區的路徑上，行車人隨意拋擲的垃圾日益積累，土地公廟早晚香火的延續也間斷了；就連自家從來不染塵的車子，也開始失色。因為一個人的離去，我們開始有感；曾經他的存在，大家以為理所當然，甚至報以同情或憐憫，認為是在照顧他還給予機會。不自覺地，所有的指令與要求都變成「以愛為名」，習以為常。

有一天，有人覺醒了，心意已決，不想玩了選擇逃脫，所有的人才因為生活上的不便，捫心自問重新理解一些事。也許太過頭了、也許太輕忽了、也許已經無感了、也許太小看了……。開始乖乖地自己的愛車自己洗，神的奉祀大家得照輪來，而真的看不下去，就自己拿起掃把動手做吧。一個人的出走有太多原因，可能現實處境真的讓人喘不過氣，也有可能就是年輕人貪玩渴望出去看看外面的世界。選擇改變未必都會得到好結果，只是讓人有機會跳脫既有框框，去看看如果不是這樣，那會怎樣。

當時在想，阿龍也許一去不返，因為他終於有了自己的選擇權，也或許有天他決定回家，因為外頭的世界並不如意，或者他終於能領受讓人窒息的愛。不管如何，我由衷偷偷佩服他勇敢走出去，因為不往前一步，怎知你會看到什麼不同？人會選擇離開或分手，也許不是誰惡誰錯，而是很多事透過抽離，才有機會反思。還記得當時看著阿龍爸媽拿起工具開始掃街，有總莫名感動，因為一個不同的選擇，很多事情嗶嗶啵啵地暗自發酵著。

如今又見到他在社區裡，我停下車問候，他仍是那熟悉的模樣，靦腆中多了份自信，笑著說只是回家來看看，過幾天又會離開。兒子回家，阿龍爸又開始使喚他做事，好像一切沒變；能有勇氣離開是好的，可以看看自己能走多遠，而會回家也是因為有人惦記著吧。

剛搬到水湳洞居住時，雖然挺愛周邊自然環境的無敵景觀，但同時感受到一種與世隔絕的孤獨感，零星住戶清一色是老人家或是寄養在老家的小小孩，習慣享受都市社群生活的我，突然有種不知要跟誰廝混的落寞。倒不是社區裡無人可說話，不時走在路上常被鄰居阿姨叫住，總是劈哩啪啦向我傾倒誰誰誰家發生的大小事，可能想讓我速速對整個社區人事有個梗概輪廓；也沒管我到底知不知道或認不認識這些人，還有最關鍵的是我到底想不想知道，反正只要在街角遇見阿姨，她總要熱情主動招招手叫我過去，自然而然地我就會多知道了社區內的東長西短。

有次在社區遇到一位陌生鄰居，他以為我是迷路的遊客，知道我是新搬來的住民後，立刻自我介紹起來。我當下反應：「呀，你是不是……」這時對方通常都會睜大眼訝異地問：「你怎麼知道？」我心裡想著，其實我知道的比你想像的還要多，而且很多可能是你根本不想讓人知道的，但我真的不是故意的（手勢遙指著鄰居阿姨……）。

社區內有兩間理髮店，一間主要服務女性，另一間就是男士們的剃頭店，就是阿龍他們家。理髮店是居民內部資訊傳播站的大本營，不論洗頭剪髮燙髮染髮，在做的人或被做的人時時刻刻嘴巴都沒閒著，大家七嘴八舌加油添醋，真該組個編劇團呀。剛開始，山夫基於敦親睦鄰，想說來去剃頭店交關一下，沒想到這下倒像是自投羅網，老闆夫婦早就在等這個極待徹底調查的新住戶上門報到，「義不容辭」地擔負起為大家蒐集資訊建檔的重任。

於是，闆娘手拿一把利剪負責剪髮，老闆立刻坐在一旁問東問西了起來，多大年紀？從哪搬來？在做什麼？讀什麼學校……山夫被一塊大帆布綁著在椅子上，髮頂只能任由老闆娘手腳麻利執著剪刀喀擦喀擦，面對連珠炮般左右夾雜逼問，簡直坐立難安手足無措，一時也不敢亂動，心裡頓生萬般怨念嘀咕著：「施岑宜，為何不是妳來剪……？」怪我又把他推入火坑。好不容易頭剪好了，老闆娘招呼他起身洗髮，山夫反應迅速，趕緊脫下剪髮防護，客氣說：「不用了，我習慣自己洗……。」給了錢轉身要離去，老闆娘直說：「等等，還有免費按摩呀，別走……。」只見他倉皇逃回家，十幾年不敢再踏進社區剃頭店一步；直到終於成了老鄰居，才重新再回到店裡。

時間成了除魅最佳工具，該知道的也沒啥祕密了，對我們的好奇心也沒了；公公生前是常客，家裡該被知道的事，老人家應該也在闆娘的奶油桂花手下，邊按摩邊痲酥酥地通通招供了。別小看路邊小小不起眼的剃頭店，過往生意絡繹不絕，整個山城男人們的頭，幾乎都是老闆娘打理的，對於老人家們的服務更加周到，還叮嚀兒子一定要扶著安全送回家。只是這幾年明顯看到夫婦倆坐在門口等待的時間變長了，老客戶凋零的速度，若以數據圖表示可能是那種暴跌狀態，令人心驚。

以前住在都市裡，不易感受什麼是高齡化的社會，山城裡的等級應該更是超高齡狀態，這幾年，鄰居的老人家個個相繼先行，一個年關，老天爺可能就回收了幾個，感覺好像一張屬於山村的清明上河圖，原本在裡頭生活的日常人物，一個個被抽離與拿掉，徒留空景。於是，小菜園荒廢了，雜草肆無忌憚地狂長，路旁老機車再也沒人發動；大門總是打開的屋子，再也不見開啟……。行車回家，經過剃頭店，已習慣舉起手來相互招呼，也許會有那麼一天，那屋簷下，會沒有了那熟悉的身影，也或許有一天，他倆坐在門亭下，再也不見我路過。人生舞臺，誰先退場，從來沒人能說得準。

兩間屋子兩個人

剛到水湳洞生活時，對於聚落裡一幢屋子特別有感，那是院子門前有座巨大長條岩石攀附的房子，鮮紅色矮木門裡有個可以遠眺陰陽海的庭園，窗戶蓋覆著塗著厚厚瀝青的門板，這房子太有味道了，我總愛來看看它，甚至莫名動念想買下它。

後來擋著庭院的門壞了，我索性大剌剌走進去，東看看西瞧瞧，想像著過去是什麼樣的人住在此，為何這房子如此迥異於山城中的其他屋子？和鄰居阿嬤打聽，原來曾經有位老畫家住在此，他去哪裡了？為何沒繼續住在此？阿嬤一問三不知，但很頂真地幫我要到一名學生的電話，要我聯繫看看。

電話那頭是有點驚奇與錯愕的聲音，房子目前沒有要賣，但對方實在好奇我為什麼想買？老實說，當時的我們修繕房子後也沒剩餘的錢，只是山城的屋子，相較於臺北都會，便宜得比買車子還划算，讓人會興起一種想逐一收集的癖好，而這房子，說不出來的讓人喜愛。

時間過去了，房子依舊在，只是越來越殘破，院子前的鄰房蓋高了起來遮住了可眺望視野，那份美感，竟被剝奪了，甚為可惜。而我的生活重心開始轉向工作，在社區閒晃的時間少了，也放下對這屋子的眷戀。

幾年前，好友傳來訊息，請我好好關照即將搬來定居的朋友一家，兒子和安同年，剛好一起上學作伴……。聽說是要來整理一位老藝術家的工作室，講著講著那棟老屋，居然就是那間我愛的小紅門屋，太不可思議了。於是，我終於逮著機會，名正言順地登堂入室，看看老畫家曾經的居所。

過往這是他獨居在此的處所，生活清苦，屋內牆上記滿了欠誰誰家的錢，甚少與鄰居互動，一個人就像獨孤行者般的，自己與自己同在。一次在家中風癱倒在地，幾天沒出門讓人納悶，好事的鄰居忍不住來敲門探問，這才趕緊送醫。為了養病，學生們將他送到花蓮，但水湳洞曾經生活的一切，對他來說倍感珍貴，多年後回訪老屋，難以忘情地在外牆磚上，刻下「好懷念」三個字。

那份思念裡是什麼？想念這裡的風景？想念自己與自己在一起的時光？想念沒有任何世俗羈絆的自由？想念自己什麼都不是的自在？他把這份思念化作創作，即使在水湳洞鮮少畫畫，日後的作品，有許多這山村獨有的面貌，那張被北美館收藏極大幅的「晨禱」，不可思議以為是想像的天空色，朋友卻說，那是屬於陰陽海邊獨特的色彩，在失眠的夜晚裡，他見過。

老畫家的鄰居是泰山，相較於被整理妥善的屋子，泰山的住屋是鐵皮拼湊而成的，只是為了擋風遮雨。他曾經是風光有才的打金師傅，擁有嬌妻與金子店，人生勝利組的他因為懷疑來幫忙的妹妹操守，導致家人飲恨自殺，泰山悔恨到難以原諒自己，灌下巴拉松想透過自殘的痛苦後身亡，雖被搶救回轉，從此咽喉燒傷無法言語，人也一夕變得瘋癲無法再做正事，變成仙人遊庄般在社區晃蕩。

不知他們倆曾經的交流是什麼？一個怪怪不多話的老頭與一個三魂七魄被奪走的啞男子，是彼此凝視著對方；還是默不作聲，喝杯小酒，並肩看海？還是總是瞬間交會的知道彼此是鄰居的那樣存在？

老畫家最終沒回到心心念念的水湳洞定居，而泰山意外猝死在自家破屋中，兩幢屋子比鄰而居，記錄著兩個截然不同的人生，前者的故居被重新翻修，畫作進入到藝術市場，必須透過種種崎嶇彎折的故事來突顯價值，只有他自己心知肚明的點滴滋味一再被變成傳奇，自己的居所變成了一間供奉自己的廟，以延續著記憶的香火，讓作品不朽。泰山死後所留下的殘破屋子，被兒子上網拍賣，不知是何種的心思與煎熬，對於一個在自己成長過程中因失心瘋而缺席的父親，對於他人的指指點點與耳語，可能極力想切割掉那無法言喻的傷口及悲痛原罪，能否透過脫手自此切斷這無法言喻的父子親緣。

一個前半生頑固而困頓，另一個曾經成功與風光，生命起落及高山低谷間的結局都是一死，沒有一個人可以寫下不同結局，但如果生命像那一道道的浪，有人的水早早退了，而有人的浪潮才正要興起，老天這般安排，到底要述說些什麼？結局成為一間廟或是被當作商品轉讓出去，誰高誰低有不一樣嗎？兩個歧異的人生，終究都是以死亡作為結束，前者用一個紀念館被記憶著，而後者是被人刻意抹去紀錄，被記著或是遺忘，有誰在乎呢？

那天路過老畫家被整修好的舊居，忍不住還是去看了牆上那深深刻印著「好懷念」三個字的牆。我從來不曾與你相會，但我看著你的畫、你寫的文字、你做的古琴，最終你在其中，找到屬於自己的幸福了嗎？

強大的地方女人

在瑞芳山城生活，這裡的人事物，每每突破我這個城市鄉巴佬的單一想像框架；而作為一位女性，同時也讓我看見女人的多重樣貌。也唯有在一個地方蹲久了，我們才有機會如此深刻地看見一個地方的人事物。

阿桂姨早年為養家，在礦山停工後每日通勤外出工作。當時的交通極度不方便，總要換車才能搭上往水湍洞的接駁車，近黃昏的末班司機又經常偷懶想提早收工，往往在瑞濱處就把大家趕下車，當時沒有客訴這回事，一行人只好沿著濱海公路步行回家。以往人們可能習慣相互體諒，或有其他不明原因，雖心裡百般不願依然乖乖就範，沒半個人敢吭聲，因為擔心若起了衝突或抗拒，這車往後就不再開到村子裡。

阿桂姨喜歡把自己打扮得很體面，生活再辛苦也要看起來美美的，她說老天為難自己也不能讓自己就此屈服，可穿上高跟鞋走上這麼一段路著實折騰。一次雨後的黃昏，眼見路面泥濘，實在不想弄髒今日穿出門的新鞋，司機卻又犯懶，把車門打開要大家通通下車。這時，她雙手叉腰抬起穿著高跟鞋的腳頂住車門，明確地讓司機知道，今天不載老娘回家，你也甭想把車開走。司機勸說半天搞不定，只好老老實實把大家送回水湳洞。從此，只要有阿桂姨在，這班車絕對不再半途把大家放鳥，大夥都跑來謝謝她，可見這事讓人困擾許久，只是多數人敢怒不敢言，終於有個人勇敢向司機挑戰成功。

我聽她講述這段往事，嘴角上揚，音調高亢，臉上掩不住的驕傲。我腦袋裡即時浮現那巾幗不讓鬚眉的畫面，心中佩服不已。過往的地方女人，因為男人的工作風險性高，看多了不測風雲，總得隨時扛下意外後的家計重擔；為了在勞動市場求生存，有些女人得放下陰柔特質，豪邁地大碗喝酒與抽菸，久而久之烙下印記，成為自身的一部分，再也回不去。而有些女人，仍舊是以其女性樣貌，穿梭在男人的遊戲規則裡，游刃有餘，從古至今，以柔克剛是不變的道理。

有次在瑞芳老茶園裡的農舍，和幾個初識的陌生長輩們吃飯喝酒，席間男人們藉酒精壯膽開始扯著嗓門練肖話，女人們在一旁不時回應幾句，營造讓男人自以為是天的場面。看著坐在一旁的大姊，我偷偷問她酒量，對方表面淡定，嘴角卻露出一絲驕傲，說自己很能喝，但不似男人那般無厘頭地沒分寸狂飲。冷眼看著一切的她，靜靜等著最佳時刻，將自家男人的酒倒入自己的杯裡乾了，順手遞上一杯已熱好的茶，一切看似早就演練好的戲碼，接下來男人也毫不尷尬地喝起茶來，女人無縫接軌地繼續飲酒。看著這一幕，我想，地方女人的強大，或許就像空氣，自然卻讓人無感，所謂成功男人背後的女力，真不容小覷。

路過車站旁的 u-bike 取車處，在螢幕前的妹子大吼大叫密碼密碼！已經騎上車的另一位大妹子，不知是生氣還是不耐煩，大聲回應後，緊接飆出三字訣問候對方的娘。那勁道大聲有力，讓我忍不住看她一眼；怪怪，姑娘也沒有很生氣甚至還笑著，好像就是一句語助詞。

這讓我想起幾年前在 Create for kids 的課堂，我也親耳聽到小一的女生飆出這句話，小女孩長相秀秀氣氣乾乾淨淨，家境小康也不覺得她的內心會積累黑洞，可能這話從小耳濡目染，未必是帶著傷。用最自然不過的有力工具來表達即時的心情，當下確實也讓我驚訝萬分；一旁從臺北來共學的媽媽，也露出驚恐表情，花容失色。瑞芳的女孩，從小就沒在怕的。

自從在瑞芳老街創辦新村芳書院，生活更加貼近小鎮後，從聽到會驚嚇是不是有人要互砍，到發覺這簡直是再日常不過的問候語。路上遇到朋友，也是直接問候人家媽媽，漸漸我也聽慣了，開始見怪不怪地融入地方。

從小我是被嚴格禁止飆國罵的，不管是一個字還是完整句型，都是會被一巴掌呼過來的那種小孩；再加上周遭環境單純，從來不會用上這些詞彙。而讓我突破這單純生活的結界，也不能說是在瑞芳，而是在認識山夫之後。我們初識之時，根本是兩個極端世界的人，一天在路上，我被白目機車不小心擦撞，這老兄立馬對著駛離的機車，飆出一長串不斷句的國罵。我驚嚇地看著他，手指頭忍不住算一下，呀！是完完整整的六字訣。覺得彼此世界的距離好遠，他是不是經歷了什麼事，心裡卻覺得能這樣大膽地脫出一長串從小被告知不堪的話，居然有點羨慕起來，我連講都會發抖與結巴，而他怎麼可以練就得如此順口。

兩人的世界也真是奇妙，山夫後來越來越少使用這些詞彙，我常說是我把他教化向善，但自己卻不小心染上這會被長輩教訓的惡習。不過再怎樣，都僅只是少少的一個字，就此打住無法進步到更多字，還真不是這個料，不過，有時單單一個字，就夠舒壓了。

有天在新村芳書院轉運小巷口，站著兩位高高大叔。老街的解說志工正在仔細與他們說明，我才一出來就撞見，手上還提著剛清理好的垃圾。大叔可能平日不知什麼大官做久了，看人的表情就是世界他最大，雙手交叉胸前東瞧瞧西看看，還不忘下巴上昂四十五度，冷冷說出：「就是賣房嘛……。」

一時真以為他是說房地產的買賣，想說我哪裡掛了要賣了，後來才理解，趕忙想解釋說什麼我們不只是經營民宿，其實在辦學之類的……。但看著他的大肥肚似乎要流出油來，我突然念頭一轉笑著回他：「大哥說的是，我們的旅宿很素溪，有需要歡迎來住喔！或是週三預約來喝茶也行。」說完轉身倒我的垃圾去。

幹，我實在是很可以。朋友們笑說我怎會變得如此可能？我的答案就是在瑞芳學呀！

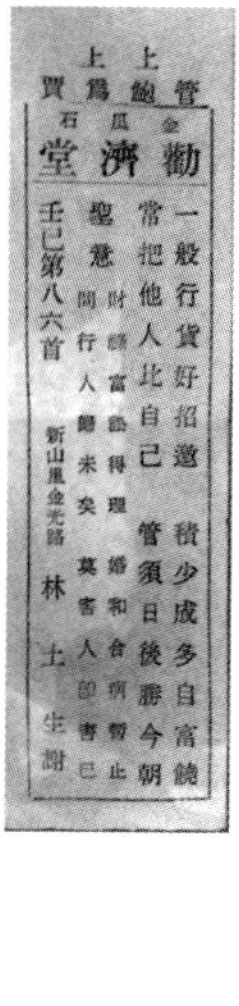

求神藥

記得初為人母時，朋友特地帶著孩子來探望，臨走前，她塞給了我一個紙袋，裡頭抽出幾張廟裡求得的符。一時納悶地看著她，臉上應該也流露出鄙夷迷信的欠扁表情；她看著我沒多做解釋，只留下幾句話交代：「妳留著，如果有需要記得丟幾粒白米下去一起燒，泡在熱水裡給孩子洗。」說完即刻轉身離去。

手拿著符有點尷尬正要退回，隨即看著她的背影已遠，只有苦笑，當時心裡應該是嘲笑著她怎會這樣的無知與迷信吧。想起在博物館的同事跟我述說她小孩發高燒不退，慌張到廟裡求解的過程，我當時也是睜大著眼睛看著她，一副沒想到妳居然也是這款人的表情，她笑著回：「別這樣看不起我，以前我也是打死不信的，當媽後也真是走投無路了，但你說怪不怪，符水喝下去就好了……。」。我當時想跟她說：「這只是剛剛好孩子就要好了吧。」

後來自己當了媽，一次兒子半夜連續發高燒，兩個新手父母慌張無措，什麼大腿降溫法、給水喝，該用的都用上就是沒法，這時突然閃過一個念頭，衝下樓翻箱倒櫃，終於找出那被壓在書堆裡的紙袋，撿了幾顆白米把符燒在小鋼鍋裡，倒入溫水盆中。先生在一旁看著狐疑說：「這會有效？」我帶著虔誠篤定略顯雞歪的臉，嚴肅的看著他，示意不准懷疑惹惱神明的好意，於是，我們家陳果第一次被泡在符水裡，澡盆裡還漂浮著紙錢燒過的餘燼。

又有一次我兒持續發高燒幾日不退，每每白天狀況還好，入夜後就是高燒來回升又退，孩子不舒服一直哭鬧，折騰到不知第幾天，他坐起來哭著哭著突然笑出來，這情境之詭異，讓我與先生相視對望感覺非常不妙與害怕。於是隔天一早，打了通電話給那曾被我恥笑的同事詢問是哪一間廟可去？不知她在電話那頭是何種心情與表情，她很當真趕緊給我出了主意，叫我去找山城裡神農大帝廟試試。

第一次登門，來到廟裡，竟是排隊長龍，都是老人家們問病痛與雜七雜八不如意的事，話說太得意與平順，也不會沒事來煩擾神明吧！看著扶乩與鸞生們有序的分工，一一翻譯與寫下神明的指示，我時而心急翹首望著何時輪到我們，但時而清醒，會有一種「施岑宜妳在幹什麼呀？」之類的錯覺，想趕緊轉身離開，深怕熟人撞見我的尷尬。最後，神明給出的藥方仍是幾張符，說孩子被嚇到魂魄四散去，要我去找身旁認識的七位男性長輩，沾溼衣服擠出他們穿在身上衣角的幾滴水，再在門前把符燒了與水一起潑出門，早晚各一次。喝了廟裡的神仙水回家後，不知是巧合還是靈通，孩子當天出了疹子燒退了，連續幾日的擔心與無助好似一場夢。整個過程糊裡糊塗，只能說，當了媽會讓人瘋狂。

信仰是什麼？安我們的心或者真有一個神奇的開關，牽引著我們與超自然空間的無限能力連結？不知怎的，後來有一段時間的我，開始依賴起地方公廟的神諭，那是離開公部門投入社區公共事務的時期，營運山城美館、籌組類博物館發展協會、經營不一鼓，那個時候的我，已經沒有博物館館長的位階，殘存著些許的影響力與關係，就像一張紙老虎。所有東西的使力，越來越吃力，因為身上少了他人值得去交換的東西，需正面與展現實力的去與他人交陪。那一直是我的弱項，一直習慣用位階來使喚眾人，當這些被給予的權力消失時，其實我就是一個溝通能力低下的人，建構關係的當下，也很可以快速的破壞關係，朋友老說我是這方面的專家。

走向了一條未知的路徑，同時手上的兵器又被自己丟掉，時時刻刻我都徬徨在如何做選擇與決定，到廟裡向關公求籤問事，變成了我的日常。現在回頭憶起那段時間，看似是做有意義的公共事務，實則是，我失去了與更內在的自己連結，就是失去了自己。於是我需要求神問卜來指引我的方向與迷惘，而很妙的是每次求的籤，不是上上就是下下的兩種極端，那段時期抽了十二支籤，竟然完全沒有介於中間的提示。那也是第一次我知道，原來上上或下下籤的籤詩是不只一張的，當抽到第五張下下籤時，我有點怒了，忍不住到籤詩櫃前，打開每一個抽屜，要確認到底有幾款上上或下下籤，為何竟如此頻繁的出現到我手裡，是有多下下的窘況呀！

那段時期的我，就像進入了一場夢境，做了一個好長好長的夢，自己幻想著所有情節的安排，勾勒著誰誰誰的角色劇本，就像《鬼滅之刃》中蜘蛛山裡的累，空虛而嚮往著人與人的羈絆。透過不斷的創造機會與任何可能，來交換人與人的在一起，殊不知，成熟的關係，從來不是透過攏絡而來的，就算是，我也不會是箇中高手。在清醒之後，才知原來都是自己一直停留在那未曾長大的幼年記憶中，無法去感受到周圍的愛，而迷失在無意義的關係追求中。

後來的我，不再去求取任何一支籤詩，反而固定每週一去廟裡打掃，從一樓的大堂一路到三樓祭壇，在身體勞動的付出中，漸漸得到一種心理的慰藉與解脫。我總喜歡在清理完畢時，在廟裡後山的小院子裡坐著，四周的綠蔭陪伴著我，說不出的平靜，好像堆積心底的所有糾結，隨著勞動清掃而鬆綁。後來，除了特殊的日子，我不再回到廟裡了，因為當我努力向外付出或與他人攀緣的同時，其實最需要被清理與好好待著在一起的地方，是自己的家與所愛的人。一路的往外求，最終的答案是回到自己的心坎裡頭求。

最初有創辦新村芳書院的念頭時，翁繼業老師送給我一個「息」字，當時很難收下，我不明白明明要辦學，為何不是學習的「習」，而是休息的「息」呢？在實踐創業的過程中，漸漸地明白，人一輩子的學習與實踐，就是回到自己的心，「息」最終成為我們在小鎮辦學的核心價值與初衷。神可以是一種陪伴、指引或典範的所在，最終一切都在我們心裡。

愛就是心中有他人

公公生前愛畫畫，剛搬來山城居住的他想畫雞，孝順的山夫努力想協助父親適應水湳洞的生活，特別請朋友幫忙張羅，真搞來一窩小雞，準備給老人家作畫用。

一窩總共七隻的小雞裡，有一隻特別的迷你與嬌小，山夫帶牠們回到家時，還特地捧在手掌心讓我看，小小的超級可愛讓人愛不釋手；於是我們叫牠小七。隨著時間過去，小雞們在吃吃喝喝玩玩間迅速拔大，小七更以一種驚人的速度茁壯超越同儕，就像記憶中教室裡永遠坐在第一排的小不點，居然在高年級時成為了全班最高。只是怪怪，體型長得也太超級無敵大，高度快及我的胸，想想不對勁，原來牠是一隻火雞。山夫總愛貪玩調皮的朋友，埋了一個不傷人卻嚇壞人的伏筆，早在最初就偷偷放了隻小火雞進去。因為異於常雞大小，大夥看他越來越不順眼，小七開始被比自己嬌小的哥哥姊姊們無情排擠，身體常常被啄得滿身是傷，羽毛快被拔個精光，明明體型高頭大馬是人家兩倍大，但為了想一起玩，得委曲求全忍著皮肉痛。

山夫眼見心疼看不下去，於是把牠隔離在高處保護，讓牠隔著網子遠遠的看著。無奈小七終究不堪孤獨，每每硬是掙脫網子奮力往下跳，被拔光羽毛的火雞，少了緩衝的阻力，這猛力一跳，腳竟然就受傷了，在一旁哀哀叫。即使腳受傷，小七仍是一拐一拐的要跟大家在一起，到底是有多害怕寂寞呀！掛了病號，其他雞們，並沒有因而好生相待，仍舊變本加厲的霸凌之，可見欺負他者果真會變成一種癖好。而老子的善處下，好像不適用在小七身上，越讓自己低下越慘烈。眼看著這齣小七苦旦戲碼下不了臺，山夫經過尋訪後，最後將牠送給經營開心農場的朋友，那裡有著其它火雞同伴，從此小七萬劫的苦難不再，終於找到屬於族群認同的幸福生活，開開心心地還火雞本色。

有一次，與果子去一家基隆港邊的餐廳吃飯，那天特地坐在吧臺的座位，一旁有一只尺寸不小的魚缸，裡頭卻只養了一尾看起來挺普通的魚，不是紅龍那種高級魚。實在很納悶，忍不住問起老闆為何不多養幾隻熱鬧些？他說之前確實是滿缸的魚兒游來游去好不熱鬧，而這隻僅存的魚曾經是裡頭最小隻的。小時候這魚兒常常被追趕咬啄，每天在缸裡上演著逃生記，讓人好驚心。同樣也是不知怎的，小魚也是漸漸快速地長大，超越了其他魚，嘴巴大到可以反過來把大家通通一口吃了，於是魚缸裡頭的強欺弱戲碼一百八十度的大轉變，魚兒越來越少，最後只剩牠一統江湖……。老闆雖後續補充了魚隻，但下場都是一樣，於是不再給牠添伴，讓牠獨孤一隻。

這隻孤獨的大魚讓我想起了小七，我們都渴望與他人連結，害怕孤獨，但人與人的複雜關係總讓人揪心與難解，每個人多多少少都深受其苦，卻依舊飛蛾撲火。我們有時像小七般的委曲求全，渴望成為其中的一分子，所付出的代價卻是不斷地真心換絕情，讓他人無情地傷害自己；當時如果沒有山夫出手改變這情勢，我想小七的小命應該也不保。或者我們受夠了被傷害與威脅，最終成為了那尾復仇的大魚，吃光所有他者，結局就只剩自己孤獨的存在。我既非魚，也非火雞，否則我很想聽聽牠們各自的心態與想法，牠們到底是怎麼選擇的。

我們都渴望找到歸屬，也期望他人的接納。於是，我們透過出發與行動想圓滿這一生的追求，成為委曲求全的小七或是孤獨強者的大魚，這似乎都不是絕佳的選項。而認同，從來無關於他人的掌聲或嘉許，而是我們是否願意全然去接受那個不完美的自己。小七和孤獨大魚的故事告訴我們，要在對的地方找到與自己相契合的人，才有機會自在成為自己。

小七和大魚讓我心裡很有感，那天導讀之餘，和翁老師聊起關於我的天命，他直說不一鼓。每次有人跟我說類似的話，心中都會湧現百般抗拒難以接受；如果真是我該走的方向，那這一路上的是非與糾結也太過於辛苦。經營不一鼓讓我從人生最高峰走向最低谷，哭笑了不知幾百回，也快傻了，到現在想起還是心有餘悸，心中萬般的不解怎麼可能是天命呢？

但命運的安排很奇妙，幾次動念要將其交託出去，不是對方仍在猶豫無法決定，就是我仍割捨不下，遲遲無法成局。羈絆之下，意外的邀約與需求，這顆鼓開始變成我陪伴著眾人回到自心的工具，累積下來，共同經歷了許多特別的息鼓時光。過去的我，只是透過鼓讓他人看到我，為我鼓掌、為我喝采，大部分的心思與焦點是放在我自己；而現在終於放下了自己，不一鼓反成為可以協助彼此探照關係的利器。心中不再是關於自己成就了什麼光環，而是他人透過了我與鼓的引導與陪伴，真心得到了什麼。以前拚命想給出，他人不一定能領情，心境的轉換後，因所求不同，反而輕鬆許多，而他人似乎也挺能自然領受我所給予的東西。聽著我自言自語的爬梳著，翁老師笑說：「你用了十年修煉了不一鼓成為自己的法器。」

以前有位基督徒朋友常說著關於自己的呼召祭壇，我聽了很羨慕，覺得他人都有自己的歸屬，而我卻沒有。她覺察到我的狀態，說我可能誤會了；呼召是要將自己奉獻出去的，是要受苦的，一點都不浪漫。這麼多年來，我似乎終於懂了，祭壇並不是舞臺，而是獻祭，是淬煉每個人終究有能力回應呼召行使命定的所在。

天命的確認需要透過不斷的實踐，跌倒了再起身，再往前，持續著，直到自己終於明瞭了那是再怎樣都要行走的道路之時，這時，所有天地無限的力量就會全然的投向支持你。《一代宗師》裡宮二轉述父親的話，關於習武之人有三個階段，見自己、見天地、見眾生。我們剛出發時，因為各種不足夠，心心念念的都是關於自己。走著走著漸漸強大之餘感受到天地之大與無限，發現自己的渺小與受限；最終放下了自己與傲慢後，意識到有他人，原來一切都是為了付出，我們的強大才有意義，而心中有他人的那股動力就是愛。關於天命，就是找到自己可以好好愛這世界的貢獻力。

地方媽媽的恐懼

誰不想要有個學霸的孩子？我們常常對孩子最好的想像就是很會讀書，好似成績好或者學歷高等於已經換取一張人生保障勝利幸福的門票。在一次臺大研究所同學的聚會中，大家突然熱烈討論起如何讓孩子考上第一志願；我不禁納悶著：「曾經在街頭或教室大長桌上大聲疾呼要與工人逗陣的那份豪氣去哪裡了？」。大家望著我，表情各自有戲，同時同情著我好像還沒從戲裡醒來。

所上的學生許多是來自於社運，就算不是，在學期間也總要被推到街頭前線去，好似沒有這番歷練，就不夠資格坐在這所的課堂裡上課。那曾經誓言要打破階級與弱勢者同在的一群人，日後多半都有不錯的安身立命之所，不是在學界有教職，就是在公部門占有一席之地或握有權力；到頭來，大家心底都不願和工人階級在一起，更何況是自己的孩子。

當大家都守在核心蛋黃區站好各自崗位時，我從天龍國搬到了邊陲，蹲在一個地方生活；但自從當了媽，開始意識到恐懼。和地方的孩子一起學劍道，越練越心慌，提不起勁的學習態度，教練比學生更積極，我的孩子不能像他們一般；陪地方的青少年導讀，也有點擔心，因為大家都在比弱，沒人好強有企圖心想要贏過他人。於此同時，城市裡的孩子正被驅趕著朝向大人們認定的成功，深怕「輸在起跑點」地邁進。

我並非是極端的升學主義者，但也絕非無所作為的放任；作為一個母親，我仍舊像大部分人一樣期望我的孩子可以是贏家，享受勝利滋味，活出自信心。常常納悶著自己為何不仿效孟母三遷，為他們選擇一個更好的地方？也常常會閃過一個念頭，我是不是做了錯誤的選擇？

習慣戰鬥的我，會覺得沒有鬥志好可怕，但人真的要時時刻刻鬥戰般的活著嗎？我開始反思著。生活在一個地方的意義或價值是什麼？如果不能建構一個環境讓孩子們去學習從土地裡長出的生活態度，而只是認命消極的活著，那地方創生終究召喚不到能落地生根的家庭。不是要成為學霸，而是即使不走向升學路徑，孩子能否有好的態度與健全心智去迎向各種人生的挑戰，才是我這媽最想要給孩子的能力。孩子，我不怕你成為工人夥伴，而是你可否是自己的主人，為自己的工作而驕傲，並在其中找到樂趣與自由；而那一天的到來，我們所有人才能真正解脫於升學主義與傳統功成名就的夢魘。

兒子即將升上國中，朋友總好奇我的安排是如何？住在山村裡，孩子的就學確實與城市裡的選擇與思維不同。這裡就近有間小有名氣的私立國高中，如果不要多想，把孩子送進去，至少未來的六年，心裡能安慰自己，一切學校會管理照料好。但不知怎地，心裡總是有種聲音在作祟，能不能有別的選項別種可能？我這個愛胡思亂想的媽，心念一轉，「自學」這個曾被考慮的方案又出線，成為我與先生及兒子得一起面對討論的課題。

什麼是自學？要如何自學？對我們來說是很陌生的，雖然身旁很多朋友已是前輩走在我們的前頭，但自己是在體制內一路被餵養走到最高級的乖乖牌，沒了被訂好的遊戲規則與安排，將教育行動這事回歸到趨近於零；好似我們不再選擇工廠標準化且大量的產出方式，遠離了工業生產線，卻不一定有手工技術能製造。那天坐在國中的辦公室，教務主任詢問著我將如何來進行時，我只能回應自己是抗拒著不想讓孩子走向跟自己一樣的路，而試圖探尋能否有別種可能。這樣不理性的媽媽，也可能會苦了孩子，但如果把選擇權交給他，他真的會理解上學與自學的差異嗎？我花了大半時間在體制教育內成為我自己，難道孩子無法如法炮製嗎？

我所擔心的可能是關於過程中所失去的或被壓抑，但這些遺憾難道不會變成一種動力，回頭來支持自己一片片拾起散落一地的自我嗎？人為什麼而活？前幾日看到一句話特別打中我的心：「若你走得夠遠，你將會遇見你自己。」人生可能終將不是關於目的，而是過程，我們看著陪著自己，成為當今的模樣，而教育最終不是只關乎知識的教導，而是陪伴提醒著每個孩子，人有慣性、惰性等各種習性，學會自覺自知不要把自己困住。

易經乾卦「天行健，君子以自強不息」，那天翁繼業老師為我解釋關於何謂強者，那是不斷突破自我疆界的人而非汲汲營營去贏過他者；大自然的運作有常也無常，我們無法掌控只能迎向，面對人生路上不斷而來的挑戰與課題，唯有回到自己的心，讓心強大，不斷超越自己的受限，那個最終的自己，才永遠有更多的可能性。所以君子的自強，是透過不斷檢視自己的態度來強化心智。

作為一個媽媽，我最想要給孩子的，就是如何這樣活著的態度；這樣的教導不會完全在學校，也不會在老師身上，而是需要時時刻刻提醒我這個惰性重的媽媽，不論上學或者是自學，自己永遠不是局外人。

成為他人心中的劍

開始學習劍道，先生笑說我純粹是跟著湊合練身體健康的。我是個急性子沒耐性的人，常常事情不在我的預期進度中，會呈現非常焦躁的狀況，再加上非常重的我執，要和他人一起合作共事，總是我的難題；習武這事不知會不會更增強我的暴戾之氣然後雪上加霜呢？

我很享受著每週開著車往更山裡的雙溪去，沿途看著變換的山景，有時追著春天的霧海，忍不住停下車拍下美景；雨季的冬天，感受霧濛濛又溼冷的山氣；隨著季節的變化，看到古老的鐘萼木花開了……。總有許許多多的驚奇，會出現在路途上，那是屬於我與我自己的寶貴時刻。

人生的安排總是特別的，最初同我一起學習的學伴，是四位高關懷的中學生，四個迥然不同的孩子，每個身上都有來自原生家庭的包袱與傷痕。常常無法準時上課，因為要處理太多關於他們的狀況，或者中途又必須因為誰而停止，在一旁看著教練訓話處理。在當下心裡總會有煎熬，不想浪費時間，只想好好學習劍術；才剛暖身興致來了，根本不想被暫停。

但似乎越抗拒，這些孩子們的狀況越會繼續來，心裡頭邊吶喊著，卻同時逼著自己看著這些年輕的生命，循著他們透露出的信息，試圖理解他們的經歷與當下的難。明明個子最高，卻常常擺出我不行我很弱的無能狀；小小矮不點，古靈精怪的招惹學長們的拳打腳踢，臉頰瘀青腫脹的來上課，仍舊是一臉不認輸的模樣……。當這些小小困境與課題無法突破時，會衍生出一種慣性然後變成積習，長大後，就成為超難扭轉的鳥樣子。腦怪超作祟，忍不住在內心有許多的小戲碼展演出來，越感受越心急。

劍道在我看來是非常重視儀式感與態度的武術，講求仁義禮智信，禮在中間，表示這項武士的修煉技藝之一，是根植在禮法的堅守；雖尚武，但在一個嚴謹的規範下，克制自己的衝動與雜念，守住彼此不可侵犯的界線。比劍像是心智上的對決，所有的一舉一動、表情與聲響，像是一種偽裝同時也是一種真實，可以瞞天過海欺敵制勝，最終冷靜、觀察與敏感度是關鍵，這很讓我著迷。

那天在教練和同學們引導作結語時，我閉上眼睛靜坐冥想讓心不要煩躁，再睜開眼時，看到每個孩子的真實模樣，心中五味雜陳。很幸運邱蕎綺教練是我的啟蒙老師，這位曾經打下世界冠軍的女國手，有著對於劍道的極度熱忱。她的教學不在只是贏，而是如何在過程中看到自己的狀態與心境，有她的陪伴是非常幸福的，被好好當一個人的對待，可能會是這些曾經的中輟生們生命中最好的禮物；我們永遠無法知道，在未來的生命過程中，有人曾經如此相信你是可以的，那會是多麼重要的依靠。

中年學劍道的我，重新回頭檢視過往的各種學習狀態，意識到自己生命中依舊無法輕盈的包袱，也試著在其中學習鬆綁；同時也學習到，生命的強大，是可以成為他人心中的利刃，陪伴其無懼地往前。

為你導讀《鬼滅之刃》

喜歡聽他人的故事，可能來自於自身的平庸，對人有極大的好奇心，透過他人的分享，有機會拼湊出關於人生為何的模樣。創辦新村芳書院後，從每月邀請兩個人到現在一週一人的故事，參與聆聽許多人的悲歡離合，往往沒被公開分享的部分，讓人更加的唏噓。有些人平平實實，在淡淡的生活中，有種滋味在增長；有些人風光亮麗，但外人從不知道，他們所承受的，是無法想像的苦。

什麼是人生的幸福？明明功成名就，但婚姻漸趨破裂；明明萬事俱足，但身體崩壞付出代價。人生好難，命運到底為何要如此為難大家？有天夜訪九份來到一間奇妙的老茶館樹窟，泡茶即可讓人問事的一代老闆，我很好奇這些年來，有人因為他的提點生命因此改變嗎？他笑著說很少，繼續緩緩回答關於我的疑惑：「即使知道該怎麼做可以改變命運，人們也不一定會去真正行動。一切都是關於自己，不夠勇敢、不夠堅持……。」所以幸福與否，他人從來都不是主因，而是我們常常同意就讓事情這樣的發生。

但心裡難免有些反彈，不是的，明明有些事是被命運找上門的，我們無從選擇，怎可怪罪於自己呢？二〇一九年第一次為貢寮國中的學生做了一場青少年生涯的分享，為了更加靠近閱聽者，再加上陳果的相約，特別追了當時正要開始火紅的動漫《鬼滅之刃》。這是部把脆弱人性透過故事演繹很好的作品，雖然血腥恐怖，但其核心價值，還是想要傳遞關於面對生命的態度。命運無情的捉弄，被迫承受失去親人之苦，基於不想他人承受自己經歷的沉痛，主人翁選擇勇敢面對，克服自身的懦弱與膽小，最終以人類極致的善意與堅持消滅了惡行。

鬼是從人而來，有幼稚的孩子因為貪玩不小心被拐騙、有孤獨不得志的身心想要透過不死來壯大、有基於對於世界的恨意想要用強大來報復、也有承受不了當鬼殺隊的恐懼與壓力。個個都是為情所苦的心靈，選擇從有情走向無情，漸漸地，忘記自己的本來面目。人鬼之間沒有太大的距離，僅只是一念之間，是否同意它的發生，回到茶館老闆點出來的話意，其實有很深的意涵，人們確實無法真正掌握命運如何來迎向自身，最後造成幸福與否的差異，可能真是每個當下，我們如何去回應。

可以成為無惡不赦的魔鬼，只為填補內在的深淵；或是背負生命包袱與傷痛持續勇敢面對，只為了不想讓他人也承受悲痛的鬼殺隊。得到幸福有多難？可能是有一天焦點不再放在自己身上糾結而轉移到他人與這個世界，不是去討好，而是貢獻自己被大大的使用。

從頁中的第一場，後續也因為機緣，許多邀約請我導讀《鬼滅之刃》，其實仍私心特別想陪伴生活在地方的青少年，有別於都市裡擁有較多資源與條件富足，偏鄉的孩子大多數被迫早熟，提早面對生活的現實處境。他們既像主角炭治郎兄妹，不得不的走向未知而因此更加勇敢；也像選擇遺忘情感記憶走向永生追求強大卻必須捨棄陽光的弦鬼們。在心智還未成熟前，生命的難題就會提早現前，不小心就遊走在人鬼的選擇之間；就像行走在高空中的纜繩，一旦掉落也不知誰能夠承接住。想透過這個文本告訴他們，生命也許不如預期，不論是父母、家人、周邊的人及所遭遇的事，這都不是因為自身不好，或者自己被這世界所遺棄，而是這可能是特別的安排讓我們終究更加成熟的試煉。

選擇永生卻永遠要躲避陽光不堪的活著，或者在有限的生命時光中，作為人感受生老病死努力活出各種可能性；《鬼滅》既血腥卻又寫實，帶領著讀者們有許多不同的看見，包括試圖同理行惡的源頭及每個人的脆弱。幾乎每一個柱或者弦鬼都是帶著恨意或者迷失而選擇成為光明或者黑暗的一方，行使正義的使者，也未必真正代表著良善選擇殺鬼，是因為其造成他們生命中的悲劇；而讓本來是人的弦鬼們投向鬼王無慘，卻是人禍所造成的無限恨意與荒蕪。人終究是萬惡的源頭，不論哪一方，盡都是受盡苦難的靈魂；也唯有人能發揮至善，去撫平所有的傷痛。

生命的選擇可以因為極度忌恨這世界，成為失去人性而強大的十二鬼月，將人命無情玩弄，就像他們作為人之時被對待的方式；也可以是炭治郎，面對不是自己所選擇的生命創傷，為了讓妹妹再度成為人，歷經萬般苦難與戰鬥，只為了不想人間再有這般的磨難，讓自己的強大成為他人的救贖與無限祝福。

鬼王千年來想找尋藍色彼岸花，為他的永生填補無法見光的遺憾；瀕臨消滅之際，他終於知道，有限生命最讓人怦然心跳的是意志的無限傳承。新鬼王最終克服陽光成為最完美的鬼體，最後因為眾人的愛，召喚回迷失的靈魂。這些愛從何而來？是一路上的無私付出給予，最終積累回到自身的。

彼岸花，曼珠沙華，係日本文化中牽引亡靈赴陰間彼岸，鋪成一衣蜿蜒紅毯；而藍色彼岸花作為貫穿故事的伏筆，作者沒多做琢磨。我們都想出發去幸福的彼岸，如果心中想的永遠是自己，追尋到死都無法如願；因為缺乏愛與意志的生命，即使永生或者完美，終究是虛無。

每次導讀《鬼滅》自己都有新的詮釋與看見，這也是這個文本很特別之處。關於《鬼滅》所建構的審美價值，什麼是美？其實沒有絕對標準上的好壞對錯，而是當代，我們想要創造的普世價值是什麼？想要共同守護的信念是什麼？《鬼滅》的故事結構是很後現代的代表，從過往的大敘事移轉到個別性的小敘事，透過一個個不論是人或鬼的人物故事，去看到當代的全貌，串起我們對現今社會的理解與認同。

《鬼滅》風潮的現象，可以深刻感受到整體社會氛圍，真的已經轉向，不論是人或鬼，每個人都渴求被理解的慾望終於被看見，朝向一個更加包容與多元的世界前去。不再只是純粹的二元對立，代表正義一方的科學小飛俠們對抗被貼上標籤沒有故事背景與自己名字的惡魔黨們，而是我們開始一一揭露，惡魔黨們裡頭的每個獨立個體，他們為何成為邪惡的一方。

人生總有許多的無奈、糾結與痛苦。人們最終就是需要被好好同理，才能撫平內在脆弱累累傷痕的心。一個好故事，可以解放許多社會的扭曲與糾結；而許許多多的小故事不斷被產出的同時，我們會知道，整個世界與愛的距離更加接近了。

他人都是自己人

當年在修繕水滴洞家屋時，師傅切開水泥驚訝於使用的鋼筋好粗，那可不是一般造屋的規格，原來當時屋主參與建造水滴洞選煉廠的排煙管工程，遠方地景上一條條一路向上爬蛇行般的水泥管，將排放的汙染銅煙，排至無人居住的後山。當時邊建造著公共工程，同時就一根根地把粗大鋼筋也運回了家裡使用，等於說，兩邊的用料等級是一樣的。所以每每望著家裡窗外對山上攀附在地景上的廢煙道，腳踏著同樣規格所澆置封藏的鋼筋，心裡的滋味挺妙的，有種強烈的連結感。

統包師傅總愛道起他早年拆除礦山老屋的經驗，拆屋前，一屋子的東西得先清理掉，所存留下來的東西，除非遺漏，通常不會是特珍貴，因為值錢的都會先被取走。有趣的是，從這些所遺留下來的東西，不難推斷主人過去是在臺金公司裡頭擔任何種職務。

從日礦到臺金公司，整個金瓜石水湳洞，就像一個超大而封閉的生命共同體，一起工作、一起休閒，滿足此間居民需要的學校、醫院、電影院、販賣所……，所有公私設施俱全；每個生活在此的人，都有一份角色任務與工作，或者被照顧著。臺金公司幾乎包辦照顧山城人的大小事，就連颱風來襲吹毀的家屋，也一併幫忙整修，如果理解習慣曾被這樣照顧著的在地人，就會同理他們何以對於政府有過多的期待。

在曾擔任礦工醫院護士的老家，就會發現一箱箱一輩子也用不完的繃帶或是醫藥用品被囤積；負責工廠化驗工作的，家裡就會有各式各樣大大小小的實驗玻璃燒杯與器皿，或者是化學物品；統包師傅每回說起這些，就會笑著說，一個養活所有人的大公司就是這樣被吃垮關閉的，最終礦山停工，失去了工作機會演變成人口蜂擁般的逃離潮，因為再也無法在這個地方討生活過日子。

幾年前，九份社區廟宇為擴建廟埕空間買下幾間鄰屋，怪手一來，滾出屋主經年累月不斷煉製融合並藏在屋腳下的大金球，這一輩子冒著生命危險努力偷存下來的財寶，看來是連用都沒用的一直被積累，甚至忘記要交代家人，人走了，這事就被遺忘了。

人們會囤積的心態是關於什麼？這可能來自於原始的動物性，因為要度冬，或為了防止不可預期的饑荒，因為我們都活在對未來的恐懼之中，以致求存本能凌駕了好好活在當下的安住。積囤的習慣也來自於對於你我的分別心，物資有限，他人擁有的同時，我就必須忍受匱乏，一旦他人也一起效尤共襄盛舉，物資就會更加不足與稀少，產生更大的恐慌。人的動物求存本性極度的被激發，怨念他人如此貪婪之時，我們不小心也加入了戰局，只為了自保，人在這個時刻，最考驗著像不像人。

瘟疫與戰爭總是人性最被考驗的時刻，所有的遊戲規則與規範都被打亂時，我們一路努力的學習成為一個人，很輕易的就會被打成原形，原來我們仍舊如此的獸性，並沒有好壞對錯，也無法批判，因為我們就是如此脆弱、膽小、害怕與無助的人呀。

二〇二〇年席捲世界而持續至今的新冠肺炎風暴，在最黑暗與無助的時刻，也許真的是提醒我們好好的思考著關於我與我們的時候，如果我們就是我、他人也是我，願不願意把自己多餘的或是僅剩的拿出來共享？沒有一個人可以單獨的存在，面對著這樣的挑戰，讓自我的定義範圍擴大、讓家的框框可以更無限，每個人都可以是守護的對象，因為愛仍舊是帶領我們走出各種困境最終的答案。

濱海公路是回家的必經之路，這是條北臺灣貨物來往東部的重要道路，總有著許多的大型貨車、卡車穿梭來往。年輕氣盛時的我，總是不愛前方行車視野被阻擋，凡前頭有大車，尾隨在後的我一定千方百計地超越。但一切就像是人生般的荒謬，當自己賭命的超過一臺並火速順遂地往前行時，隨即又會有另一臺擋在前頭，沒完沒了的戲碼得一次次來，直到離開這條道路上。

有時也難免遇上比我更急躁的卡車司機在後頭，在無法超車的路段，總愛貼近車尾的跟隨讓人感受壓迫，一開始被逼急了，當下反應常常是踩踏油門快速前進；後來開車變油條了，懂得對方的心思，後車越逼迫就越降速，現在想想，一定氣死了趕車的人，但我就是如此的故意，而且很得意。

在瑞芳小鎮住更久後，有機會親近認識各式勞動工作者，他們可能是孩子同學的父母或者是鄰居姨嬤的孩子，其中不乏就是貨車司機們，也終於開始理解長途開車送貨司機的辛苦，常常因為誤點而被罰款、或疲勞駕駛不小心衝破護欄人車掉入海裡葬送性命等。多數的這些人，不過就是為了生活在奔波著，大車裡頭承載的都是像你我一樣的人們，時時要迎向命運的捉弄或安排，面對自己生命的種種。

一天，在快速道路上，又遇上一臺逼近車尾的貨車，不知怎的，我反常地自動移到另一車道讓它通行。要是以前的我，一定是繼續耍賴慢速讓對方受不了去轉換車道超車，但這次卻心甘情願地讓道。說不出來這個轉變是什麼，可能開始害怕了這樣的行車衝突與風險；但當下我更感受到的是，那個在大車裡頭駕駛人的心情。如果他是我的親人，我會立刻馬上現在地希望擋在前頭阻礙他的不會是我，因為我知道他趕著去某個地方，急著要完成被交代的使命，而這趟任務，將可以讓一家人溫飽，或者更靠近某個重要人生計畫的實現，所以一點也不急的我直覺地讓開，同時祝福著他一路行車平安。

常常在爭的時候，我們不一定真的需要；常常在急的時候，也不是真的很急。我們只是不喜歡輸的感覺，沒來由的引發好勝心，但沒人要跟你輸贏，對方可能只差沒能大聲廣播苦苦哀求自己的需求，他只是要完成他的工作。當他人都是自己人時，日日行走在人生路上，可能會舒服點。

礦山裡的送行

家裡忙著年前的整修，泥作師傅跟水電師傅們紛紛不約而同告假去參加告別式，大夥口中的亡者被形容是個兩光的水電師父，說起他時，臉上帶著嘲諷同時搖搖頭。起初剛聽時心頭突然一揪，哎呀，這人身後被人這般稱呼與描述，真是情何以堪呀。但很奇妙的是這樣的人，明明常出包讓眾朋友們為他善後，卻又讓朋友們特別的想念與不捨，說什麼，都要放下手頭上的工作送他最後一程。

剛搬到山城居住時，挺羨慕著人與人那種黏稠緊密而特別的關係，即使沒有血緣關聯，人和人之間像家人般的親密。對我這個從小到大在都市成長的臺北人來說，特別的好奇與嚮往，人和人可以如此的靠近。但漸漸地，住在地方久了，發覺這般看似的美好關係，也不如想像，常常是需要付出代價的。

有天在街角吃飯，無意中聽到外來媳婦提起關於她們的痛苦，也讓人不可思議。說起礦山裡辦喪事，儀式如何進行或者棺材要找誰做，眾人都會有意見，就是自家人不能有主張。送一個人遠行，那可是全村的人共同張羅的，喪家女人需要全天候不間斷的煮食款待前來幫忙的人們。聽說那可真是惡夢，出殯前的日子，就是一直守在爐灶旁邊，確保餵飽每個人的肚子；該是家人最沉痛的時刻，反而在精疲力竭的忙碌中，忘記了悲傷，也無從哭泣，因為身體過於勞動也累癱了，或許也是一種療癒。

過去的礦山歲月，生命的不確定性，讓人不得不連結在一起，否則一個家庭可能因為一個人的意外離去而崩解離散，而這樣的風險是生活日常的時時刻刻，不分你我。人因為知道自己的有限與脆弱而需要與他人一起，交付出自己的隱私與自主性，換來集體的相互支持，慢慢的，我們忘記了，在一起的初衷，久而久之變成了無止盡的過度干涉與理所當然。

漸漸地，年輕人不願意在家裡頭辦喪事，改以在外頭的殯儀館解決，小時候的恐怖記憶，不想再承接這般的生命之重，人與人的關係結構因為礦業的終結不斷起著化學變化。過去那種黏稠化不開的關係，雖然讓人窒息，但可能踏踏實實承接住了許多可能會孤獨或無助想不開的靈魂。外來的媳婦與年輕一輩的孩子，無法理解這般相互糾纏究竟為何，而成了委屈抱怨與負擔逃避，於是人與人的關係距離日遠，人終將孤獨的面對人生的所有必然，沒了陪伴也少了負擔，很難說到底孰好孰壞，至少是選擇了讓自己自在舒坦的方式。

關於一個人的死去，我在山村的生活有更多不同的理解，那天載著阿貴姨到鎮上，途中遇到舊識，對方剛剛圓滿了丈夫的葬禮。問候招呼過後，她在車上默默地說，啊，是好事，她終於可以好好過日子了。一直無法成熟的另一半，應該是生活中最大的痛楚，無法真正的切割，直到一方永遠離去，才真是解脫。而人與人的關係，也可能因為一個人的死去，才有機會縫合曾經的情感裂傷。

每年年關將近，這樣特別的時節，山城裡頭總會有些老人家被收回去天家，如何送走一個人？誰來抬棺？誰來主持？誰來決定？生命如要自己做主，就得學會更加堅強與獨立，而孤獨可能是必然的學習。兩光的水電工，就是其活著工作的樣子，但他被深深印在心底記得的，一定是被他順道帶走的，那與其相互連結的片片段段回憶，那些有意或無意的建構，構成了他人所理解的我們。

學會告別

臉書出現一則朋友離世的貼文，訊息疑惑很快被確認是真的，讓人非常的震驚與難過。四十出頭的青壯年，還記得我們才剛在陽光處處撲襲的南國見面，彼此嘻哈閒聊，你嚷嚷著要再到水湳洞找我，我則期待著你的下一步。從沒想過這會是彼此相見的最後一次，早知，那個離別開心的大大擁抱，我應該緊緊不放的。

與翁老師討論《道德經》時，提到關於面對疾病末世的態度，他說得超然，我聽得很不是滋味，直說他這樣的論述雖有其道理，但讓人覺得無情。帶著些微情緒想起了你，當時的你突然被宣告惡耗時，是什麼樣的心情？害怕？驚恐？想哭？擔心？無助？那些日常的學習與修煉，在這緊要關頭時，可有幫上任何忙嗎？能讓你不驚不怖不畏地坦然面對嗎？我已無從問你或和你確認，但人到那一刻，有機會或時間可安然地接受然後迎向終點嗎？好似突然被導演從劇中刪掉你的角色，從此沒了戲分；你上哪繼續演出？而我如何追有你的劇？

老天給你的時間過短，短到我無法有機會跟你告別是小事，但短到你可能無法反應或交代就離開了。你現在好嗎？我仍反覆這問題。無從知道你的體驗與看見，當下突然意識到，自己也從未準備隨時與世界告別，那個突然要離開的人若是我，該如何準備？或者說，我是否能夠坦然去接受生命給予的任何安排？

與一位多年不見的老同事重逢，原本吃喝著開心敘舊時，她適時淡定宣布自己癌末的消息，我看著一旁年幼的孩子非常吃驚與不捨；她說著因為一場病，逼著她思考著生命中最重要的東西，而終於有機會從一個慣性討好他人的行為模式中解脫出來，開始傾聽自己的感受，舒服或難過然後回應它，學會對她來說最難的課題，就是拒絕他人。離別時，我對她說：「今天聽到一個壞消息，但同時也聽到一個好消息。」那滋味很難明說。

回家後獨自在山村裡散步，走著走著不自覺地大哭了起來，我不知為何如此難過，是悲傷即將離去的故人，還是憤憤不平著生命安排的種種不仁，或者害怕著自己可能是下一位。

人生無常意外永遠在，我們隨時都準備被召回，如果總有那一刻，為何總是沒有準備好?!

誰辜負了誰

我是個不太懂得如何好好收下他者心意的人，村子裡的姨嬤們三不五時會熱情分享著自家做的好料理，或者是女兒自家栽種的蔬菜；帶著孩子們經過門口，老人家們也總是要張羅一番，塞些餅乾糖果在他們手裡。能這般被照顧，很暖心，但有時也會有小小困擾之處，再好吃的食物吃久了也會膩或者口味不習慣，為了怕浪費與處理時的良心不安，所以常常要很努力的婉拒。我在小孩的飲食方面有點小偏執，零食是我的禁忌，姨媽手上的餅乾糖果這無非是踩到我這固執老木的地雷，常常是很尷尬地當場拒絕了人家的好意，讓對方不知所措，在這方面，我確實很彆扭。

有個朋友很妙，她來家裡住了幾天，另一半一直打電話來說鄰居誰誰送來了什麼菜什麼水果的，因為女主人不在沒人打理，通通被先生給回絕了。電話這頭的她可心急了，一直提醒千萬不可拒絕要全數收下，於是兩人一來一往，太太口述著教戰手冊讓先生照辦，先生卻堅持自己不會料理東西收了會壞，不同意她的做法。她這下更心急了，整個臉漲得紅通通，語重心長地說道：「就算到時候壞了偷偷埋掉都不能不收下呀……」

我在一旁聽得噗笑出來同時丈二金剛，不懂簡單的事怎麼要搞得如此複雜，有需要或者喜歡就拿，不需要就不要收不是很簡單的道理嗎？為何還要硬收下了再暗地裡偷偷處理掉呢？

面對我的疑惑，她可是自有一番道理在，細細地說清楚講明白，在農村長大的她，人與人的互動點滴從小看在眼裡，這種看似無意義且耗費精神的交往過程，累積的是一種綿密的人情網絡結構，這水很深，要摸透不容易。相對於我這都市長大的孩子，其實很少有貼身的觀察培訓與實戰經驗，以金錢作為交換邏輯生活的我們，不懂這箇中的奧妙。只覺得人與人來來去去，你送我還這一套真是負擔，不時要放在心頭上，三不五時得要回應一下，實在很費神。這多多少少反映著我這人對於人際關係經營的過於自我、弱智與不想付出過多代價的狀況。

太極拳裡有個狀態「來力不入，去力無阻」，很打動我的心，人和人最佳的的關係互動，可能就是這樣的狀態，自在地隨順因緣游刃有餘不會干擾到己心。但真有人做得到嗎？還是個性好的依舊在委屈受氣，不識拿捏分寸的繼續在消磨自己的福分與人情點數。真實的人生，莫非真有一套標準的應對模式嗎？我們從小被教導要當好人，長大後才發現，好人有夠難當。

山居歲月的潛移默化，讓我逐漸能理解與接受這些我過去認為是羈絆的俗事，也慢慢學會與明瞭，有時心懷感恩好好收下，也是一種必要的付出。

突然懷念起一位特別的朋友。生前的她在我看來，總是敢於冒險且充分享受生活，讓人欽羨。離世前幾個月，她專程跑來水湳洞找我，嚷嚷著說要來當鄰居。那天，應該是我們相識二十年談話最久的一次，我帶著她山上海邊走逛，坐在無敵海景的貨櫃屋基地裡喝著咖啡天南地北聊。我從沒想過那會是最後一次如此靠近她，完全不知她病了。

她總能毫無負擔地慨然接受朋友們的款待與熱情，相對於很怕有人情負債的我，每每在心中權衡著孰輕孰重，很怕欠了什麼，挺羨慕她的自在收受，但也難免會嘀咕她有時的無情與辜負。人與人的關係常是透過不斷地你來我往、相互疊加而持續往前，只有單方面付出，關係日趨不平衡，付出多的日久難免心生怨懟。

她突然走了，難過不捨中，我心裡仍想著那些留下的辜負該如何？就像我當真地代為尋覓她可以搬來定居的屋子，搖頭苦笑著，也納悶著自己為何要如此獻殷勤？所謂的「辜負」，背後總是有指責意味的。但為何會如此？因為有期待、因為等待交換，而沒有得到我們想要的。

真的是因為由愛而生恨嗎？真正的愛應該是不會有悔恨的，也應該是無悔的，恨的產生是因為求不得，在情感或者世俗的交換上，沒有得到自己想要的。同樣地，辜負可能也是這麼一回事。我們的付出帶著回報的癡想，當欲求不滿，對方即成了罪人；一切其實都是源於自己走不出來的糾結。

《道德經》第三十八回讓我對於儒家所崇尚的禮，有了不同的理解。「失道而後德，失德而後仁，失仁而後義，失義而後禮，夫禮者忠信之薄，而亂之首。」經文裡提及人最好的關係狀態是與道的相互連結，像呼吸一樣地自然而為，時時刻刻與無限連結。但這種聖人般的能耐太難，平凡如你我，學德的方法得靠時時提醒矯正自己的態度，以有限的達成，勉強跟上。如果再沒有德性，就用仁來愛好愛滿，但這就像無底洞，長期付出少了內與外的平衡，討好了他人，卻常常委屈了自己；對自己太好，同時也傷害了他人，任一方，都不一定開心。如果不想吃虧就秤斤論兩仔細算好了，朋友相挺，你來我往沒完沒了互不相欠地疊加，這就是義氣，堆滿要還的人情債也是心上的折磨。

但人和人的關係，如果連講義氣這件事都沒有或做不到，這時，禮法就是最後的防線，牽制彼此做人的規範，免於犯規侵犯了他人權益，成了禽獸。法治社會就是這般，因為人無法管理好自己，透過規訓來制約，孔老夫子崇尚的禮儀之邦，原來一點都不高尚，而是當人犯賤時，不得不爾的辦法。哎，老子為何要說破呢？還是我們已經習以為常的東西，不小心就將其純淨化了。

讓人懷念的朋友，要說辜負與否，不也意表著我們在關係中的不單純？人一輩子活在關係裡，在裡頭得到幸福，同時也飽受折磨；因為有他人，我們才能感知活著的滋味，知道自己還有許多不足。妳在遠方好嗎？不時還會記起妳在讀書會中分享的話語，我很喜歡，好想可以聽著所有的後續，也許，最不願辜負他人的應該是妳吧。

窮養或富養

以前常聽長輩說男孩兒要窮養，女生則要富養，前者因為刻意安排不滿足他所想所要的，以促發他在成長過程中產生鬥志，努力向上爭取搏鬥而有所成就；而後者則因為擔心她因幼年的匱乏，無意識地將自己變成工具而迷失，甚至見不得別人好的流露小家子氣，主張該讓女孩多開眼界與廣見世面，才不會拿自己一輩子的幸福做賭注去換取金錢。

作為父母，給與不給間真的是天大學問，在現實生活中，多的是因小時候的匱乏與恐懼，以致一輩子都陷入追逐金錢遊戲無法自拔的案例；反過來給得過量，好像也容易造成孩子長大後，失去了為何而活的動力與熱情，無關男女，該如何選擇，讓我陷入了苦思，找不到自己作為父母該如何行動的平衡點。

每個人的長大都難免經歷坑坑疤疤，這些挫折與不順遂，部分隱隱成常住在內心的陰影，有時影響著潛意識的行動而不自覺，每個人多多少少都深受其害，直到覺察自我並了悟後，才有機會被救贖。所以作為父母的我們不禁想著，如果可以事先預防或避免，是不是比較好？

給或不給都有遺憾，這樣的疑惑，忍不住在每週固定的導讀空檔中，向翁繼業老師提出我的問題，從各種經典中，是否有個標準與導引指明何者才是最好的答案與方式。老師的回答也很妙，父母有能力給予多少資源就依據想要的心意給，沒有標準答案。

人生就是在不斷的因果關係中輪轉前進，不論經歷了什麼，當我們開始有意識的理解了整個生命的安排與運作，我們才有辦法在每個當下的選擇改變自身的命運，而不是一直活在被害情結之中自怨自哀。

每個相遇、每個遭逢、每個結果，看似機緣巧合，但又好像是冥冥之中的刻意安排，我們在當中體驗與感受，常常或懷疑或抗拒卻又不自覺地同意它發生，又悔恨地需要更大勇氣去面對與解決。我們總是想著如果回到源頭去改變，會不會結果不一樣？如果所發生的一切就是那麼剛剛好的安排，只是引領著我們去面對生命課題並度過它，那要不要去刻意改變與操控開端，可能從來不是重點，而是我們這一生為何而來？我們企圖透過自身成長而改變的是什麼？

「自己改變了，世界就改變了」，所有生命議題，只是一個引發我們改變自己的契機，至於改變世界，常常只是個冠冕堂皇的幌子。最終當個不驚不怖不畏的父母，自自然然自自在在地給予，要多想也不要多想。

人是如何成為我們自己的？心理學一直在討論著，人到底有沒有「自由意志」？這問題似乎不構成，每日晨起，我們要讓自己賴床還是要支撐著起床，從事著接下來的日常種種行動，一切不都是我們自己決定的嗎？

作為兩個孩子的媽，有個不是很科學的實證經驗來解釋我的理解，在生命初期我們也許沒有自由意志來主導人生。初為人母新手上路時，手忙腳亂睡眠不足讓人好崩潰，那時流行一本育兒聖經《百歲醫生教我的育兒寶典》像從天而降給媽媽們的救贖，我依據書中教養好好規範了老大的作息，換回可以正常過日子的解放。老醫生的邏輯認為孩子是搬來跟我們住的，大人沒必要改變自己的作息來屈就。我是個讀書的好學生，這般利我的教導當然全數照辦，結果一切順利，過上了可以好好安睡的日子。

後來妹妹出生，我採極端相反的親密育兒法來對待，一來可能是有經驗了，知道有些歷程時間到了就會度過，二來女兒是爸爸的心頭肉，我用養哥哥的方式，不捨前世情人被這般對待的爸爸，可能會引發不少的爭執；於是兄妹倆從出生就面對不同的教養方式。兩個小孩的性格漸漸成形，同父同母卻非常不一樣。哥哥調皮好動，是個敏感貼心的男孩，甚至有點膽小害羞，我這樣寫出來被他知道一定會生氣。

小時候都是我拉著他的手去我想去的地方，後來他才漸漸有膽量面對一些事，他的困擾是難以拒絕他人，需要學習更加勇敢與果決。妹妹從小就頗有定見，還不會開口講話就會想方設法讓大人知道她的需求，會走路後，即使步履仍蹣跚，都是她拉著我去她要去的地方，並指使著大人依其心意照辦；這般娃兒日後比較不擔心被他人欺負，倒要好好規勸她拿捏分寸並學著同理。

兩兄妹這一生的課題顯然不同，是否是他們因應這世界的最初對待所衍生出來的差異？遇上我這個媽，造就了他們的不同？我並沒有答案，但面對生命的處境，常常無法選擇它來或不來，唯一的選擇權是我們如何來因應，用什麼樣的態度來面對。簡單地說，自由意志可能並沒有辦法主導我們的人生，它只是一個旁觀者，檢視我們已發生的行為，為了確保下一次的無常面對，我們有更好的準備。

《西遊記》裡，豬八戒問起師兄，取經之路到底要走多久？孫悟空回答以師弟悟能的能耐，速去速回只要十幾天；他自己則一天能來回五十趟，天還依舊亮著。唐僧在一旁聽了很好奇，問起那他自己需要多久時間？孫行者的回答很妙：「以師父的能耐，可能走上幾輩子也走不到。」那怎可好！這下沒用的三藏又要哭哭啼啼不要不要了。悟空心裡是明白的，只要見性志誠，念念回首處，即是靈山。生命就是透過時時刻刻的實踐來完整自己，最終心智強大了，哪不能去。

生命安排的走向我們無法主導，只能透過不停地回頭檢視，來領悟人生；然後矯正態度繼續往前，活出精采。看著我與先生所作為出來兩個截然不同的孩子，最終能做的，就是陪伴他們看見，即使自己不完美，也足夠被愛。

一百分的人生

我們對一百分有種莫名的迷戀，考試要一百分，事事要滿分，所以一輩子很努力在追逐著；在木寸書店聊天室陸續訪談了許許多多不同人的故事後，我突然發現，人生某些時候是很公平的，我們可能沒想過，常常為了個別的一百分，我們付出了其他項目的代價。有人有著讓人羨慕的功成名就，但背後可能是妻離子散或家人形同陌路；而有人努力地完成了目標，結果賠上了健康。這讓人很納悶，人生到底該如何追求？

熟識的好朋友都知道，山夫有個關於人生一百分的理論；可能是因為脫離了都市生活與轉換了既定的工作模式，讓他有感而積累了多年在山城生活所體會出的生活哲學。每個人的一生都是一百分，裡頭包含健康、事業、學習、夢想追求、家庭、自我……，而比例的劃分就像個圓餅圖，每個人各項的分配都不一樣，關乎我們如何安排與選擇；就像一天只有二十四小時，做了A，可以做B或C的時間就相對減少，資源有限，道理很簡單。當我們選擇在當下做這件事，就表示我們無法再選擇另一個，就像行駛在高速公路上開往南方，我們只能在同一個時間選擇一條路徑。

人生到底有沒有雙贏、三贏或多贏這種事？真的端看從何種角度觀看與檢視，今天陪了客戶應酬，確實就少了與家人同在或是獨處靜心的時間；要追求事業與工作的進展，可能代價就是腦汁、心肝與健康的交換。所有事情得到的同時，同樣在付出代價，只是我們有沒有意識到與在不在意而已，這是非常現實的真實。

因為人生確實只有一百分，那個付出就是其他項目數字比例的相對短少；沒有對錯，只與我們選擇過什麼樣的人生有關。最近常跟不同朋友探討如何平衡，就是因為每個人都只有一百分，所以不論做什麼，可能最好的方式就是在當下全心全意的投入；因為付出的代價已經是不能再做其他事了，再浪費時間猶豫與虛耗，可能輸更多賠更慘。

整個生命都是可貴有限的資源，再如何強大還是只有那珍貴的一百分，如何創造出無價的產值，讓每個時刻每分每秒都有其價值，不只是對自己同時也為他人，不是只有壓榨般地度過才是標準答案。沉靜下來的閒暇時光給人類創造出的智慧或藝術，即使只是沖泡出一杯好咖啡、好茶或說出一句好話，都是我們對有限人生的無限禮敬。

所謂真正贏的人生，可能不在於比較誰終究獲得了多少或擁有了什麼，而是我們最終學會了如何好好運用我們人生珍貴的一百分，可以隨心所欲用作利他但不委屈自己，自由自在做自己，同時心中有他人，創造出內外平衡的人生態度。

在一個地方長大的孩子

搬到瑞芳的陰陽海邊住了快二十年，還是很難確認自己到底是不是瑞芳人？關於什麼是「在地人」，對我來說好難被釐清與解釋。鄰居的姨嬤們總還是說我們是臺北來的，但瑞芳鎮上新村芳書院的鄰居會說我們是水湳洞來的，不想再溯源太多，歸類就是在地人。仔細想一想，每個家庭最初都是外來者，只是誰先誰後的問題。我們到底是不是瑞芳人，就像一道模糊邊界，漸漸也放棄去釐清這點，畢竟也毫無意義。

我在都市成長的歷程，可能是少了草根的連結，從來不知故鄉的意義是什麼。於是，出發企圖去找尋屬於自己的家鄉，定居在一個地方。兩個孩子在瑞芳出生長大，也許這終究不是我的原生故鄉，但卻是他們的；我熟悉的臺北市，對他們來說則是陌生之地。或許有一天，他們的追尋與我背道而馳，而生命就是如此地超乎你想安排的。

兒子暑假參加了一場繪製家鄉的地圖比賽，我陪在一旁看他的創作，發現瑞芳的山河海都被他玩遍與走過，在老師的帶領之下，到處都是他與同學玩伴們的足跡。他們透過雙腳走遍了每一處山徑與步道，身體徜徉在東北角蔚藍溫暖的海水裡，用雙手挖開母親之河——基隆河的溪底探詢裡頭的寶藏，上山採摘瑞芳茶，拾回臺灣第一棵茶樹苗是栽種在瑞芳的記憶。

我不禁羨慕起這樣的童年，原來當年的出走，冥冥之中的安排是為孩子們建構一個回到與土地親近並連結的兒時歲月，來彌補自己沒有的鄉愁；對故鄉的找尋，原來是要透過他們來感受。我無法想像自己的童年可以是同學爸爸一吆喝，就出門前往地方公廟，幫忙打鼓助陣，歡迎遠道進香團的記憶；可以跟隨著已經退休的瓜山學長走爬自己家鄉的每座山頭，然後從高處眺望自己的家；也無法想像可以有著地方的耆老們，不厭其煩地陪著他們把往昔的礦山記憶召喚回來；更無法想像他們自力籌資為自己造舟，航向海洋，再從海上回首看自己居住的地方。

孩子真正成為了一位在地人，他們所積累的，我們已經遠遠趕不上；有一天這些生活成長的點點滴滴，終將成為長大後離家的養分，陪著他們度過生命的起起落落，化作可以安定自心的力量。以前以為孩子是因為我們而成為瑞芳人，其實是孩子們的投入參與擁抱生活，才讓我們真正的成為在地人。

三十歲時，我們移居到陰陽海邊生活，用六十萬現金，買下一棟破舊的老屋，沒想到一轉眼，二十年過去了，兩個本不打算生養孩子的頂客族，現在變成一雙兒女的老爸老媽。孩子倆就讀山城的迷你學校，全校學生不到二十人，被認定為偏鄉小校，每年歲末時節，就有許多善心人士來年終關懷，收過一大箱的物資箱、白米、冬季的厚棉被、一大包過年迎賓糖果……。以前聖誕節前，我總會送出暖心鞋盒關懷弱勢孩童，直到有一天我回到家，看到桌上也出現兩盒孩子帶回來的禮物時，我發覺，有些事情，以荒謬姿態不斷發生。

住在非都市地區的人們都是貧窮者，而在城市討生活的人，經濟上就會比較寬裕；這樣的思考邏輯，總是一直的被強調，以致每年年終，總是有愛心滿溢的大人們，帶著可能會是不被需要的物資，來到校園中。孩子們必須透過表演款待謝謝他們，排排站的接受他們的給予並拍照。他們可能不知道，住在這裡的人，有些無需透過外表的打理或者頭銜來證明自己，裡頭的家長，有人可能是開雙B名車，還有教師或者是大學教授，而我們坐在臺下看著這荒誕的情境，是想哭又想笑。當然會有相對弱勢者，但跟市區的學校可能是一樣的比例存在，實際上差別不大。

許多朋友問我擔不擔心他們的競爭力與未來？一次臺北的頒獎典禮，看著市區的孩子們表演各式才藝，不禁在想，原本是有機會給他們相同的環境與學習的，可以像臺上那些看起來很得體與優秀的孩子們一樣，朝向社會認可的成功人生。但我們卻給出不同的選項，結果孩子下課回來興奮報告的，居然是慶幸通過測試不用去補救教學，當下滿無言的。

移居山城也許是一種逃離吧，厭倦要非常努力才能獲取小小的認同，還有不被看見的苦悶；另起爐灶的遊戲可以是自己說了算，不用與他人比較，可能是真正離開從小出生長大的臺北移居到山城的真實答案；那看似浪漫的選擇，有著抗拒與逃避，想放過自己一馬。不想贏到底是好還是不好？我至今沒有確切的答案，但孩子，真實的我想要邀請你嘗嘗那屬於勝利的滋味，也許浮誇、也許世俗，同時它可能也是一條挺煎熬的路，但你會有機會看見，自己原來可以有無限的可能。

冬

來去德來

回到臺灣後，一切回歸常規，雲南生活的日子變好遠，也漸漸變成快要模糊的記憶。有一年中秋假期，陳果跑到家裡院子草叢大便，解放後來不及落跑，褲子還沒穿上就被老爸逮個正著，小子臉上露出帶點邪惡與調皮的笑容。山夫納悶不解地問明明廁所就在附近，為何這樣？「幫我們家植物施肥呀……」。

出發雲貴高原

二〇一四年的暑假，帶著剛滿五歲的陳果出發前往雲貴高原，大半時間是待在宣威海岱的德來村，跟當地居民一同吃住生活，這是個多數人操著方言的異質空間，能溝通的反而是上學能說上普通話的孩子們。年輕時的旅行經驗雖造就隨遇而安的本能，但第一次帶著孩子深入衛生條件相對落差的環境，空氣中的豬屎味、大雨過後的爛泥、滿天飛舞的蒼蠅……出發前對異鄉的種種美好想像，就在我走進茅坑如廁後突然驚醒。

來到陌生地，陳果對一切充滿好奇，開開心心絲毫不覺有任何異狀，就在第一晚臨睡前進入房裡，灰暗的房間微弱的燈光與不刻意清理的氛圍，再加上農家必有的塵埃與土粉，小子輕聲問道：「有沒有乾淨一點的房間，這裡好髒……」，那晚不知是環境太過震撼，還是我因他言語不當惱怒教訓他，再加上些許高山症狀的不舒服，陳果痛哭了，想回家想爸爸想妹妹陳安，在靜謐的山村夜裡他的啜泣聲好無助呀。

而我也累癱了，但無法入睡，旅程才開始，腦海裡冒出許多疑問，如果陳果一直不適應怎麼辦？會不會感染什麼而生病？要不要早點離開？也許我不該帶著孩子來，好險剛滿一歲的陳安沒來……。這一切都在第二天醒來時漸漸沉澱下來，老木我還是不習慣每日的茅坑生活，但慢慢地發展出可以舒服進入的儀式。陳果愛上爬門前那棵果樹，成天掛在上頭；想上大號時他深呼吸一口毫不猶豫就能進去坑裡蹲著，到最後居然反過來跟我分享他在裡頭的有趣發現。

年輕時的貧窮旅行會覺得很浪漫與自傲，好似自己的冒險旅行又添上了一筆可以向朋友們炫耀，但帶著孩子的窮遊會是什麼？這次的過程中讓我深刻感受，看似旅行者境遇的貧窮，投射的往往是旅者內心的匱乏，需藉著與日常生活的極度反差來感受活著的意義，同時也是炫耀分享的題材，這是成人式的多重情感交疊。

而孩子呢？他們很單純，喜不喜歡、乾不乾淨、臭不臭、好不好玩……，往往直白到令大人們難堪。在過程中反覆掙扎，到底該讓他直爽表達自己，還是應該社會化的順應大人的禮數規則。將近一個月的旅程，收穫很多，對於在凡事便利的都會成長的我，又作為一個社群關係與臺灣社造的研究者，一直很難理解過往已經逝去的農村生活與價值；在這裡，我似乎感受到那個曾經存在的東西。德來村人努力脫貧要朝向現代化的生活前進，好為人師的我一開始很積極地從經驗中告訴他們各種發展可能性，但要離開前卻很誠實說，有一天當世俗生活中的物質條件什麼都俱足時，你們也許會回頭找尋這些曾經擁有的無價，我們不顧一切出發尋覓幸福，回頭看匱乏的當下，可能才是幸福的所在，謝謝成全這趟旅程的所有人。

採野菌

一早下著雨，天氣微涼，帶著陳果準備去學校，走著走著，聊起今年山城的夏天，怎有點像那年去雲南的天氣，偶爾雨說來就來，時而悶時而涼爽時而晴時而雨，摸不透下一刻的天氣……。

二〇一四年夏天，抵達德來村的第三天，大雨過後放晴是採野生蕈菇的好時機，村民要上山，二話不說借了雨鞋就跟著出發。一路上泥濘溼滑不好走，所謂的路就是常常被踩踏過的小徑，一踩就鬆垮。走在五歲陳果後頭看他緊跟著隊伍奮力往上爬，好在住在山城生活的日子，三不五時爬山散步的鍛鍊終於也有用到的一天。

村子聚落集中在溪谷兩側，更早期是散居在山頭，一旦有外人闖入要抓兵，居高臨下可迅速往後山閃躲，時代變遷需求不同，為了農耕生活的便利，當地人選擇下山靠近水源處。想像在林子裡採菌，遍地的野菇讓人優雅採摘，就像走進童話故事的場景。殊不知真實的採集行動挺辛苦，得低著頭東瞧瞧西看看，眼力要極好，因為好貨永遠埋在杉木落葉堆裡或是小山壁中，尋著看著蹲著站著，頭都暈了。偏偏每次驚呼得意摘下的大野菇都是不能吃的，哎，也難怪！否則這般大朵又完整怎輪得到我這新手。

看著村民輕鬆地提個籃子，既不備傘也不帶個水就上山，以為路程應該不遠，哪知這一路要從溪谷攻上稜線。沿途經過大豆及玉米田，村民順手採摘玉米同時折斷幾枝生長不優的玉米稈，熟練地用牙齒咬去外皮遞給我跟陳果啃咬，這甘甜滋味像甘蔗，早期居民常用此做糖，也是小孩的零嘴，感謝即時的玉米稈，讓果子止渴與添加上山動力的來源，生活真是處處智慧呀！

繼續往上行，眼前豁然開朗，山頭上的視野極好，有別於受侷限的山谷裡頭，遠眺是無敵美景。溪谷村落農地已在腳下遠遠小小的，天透藍，四周青山環繞，我們在林子裡移動，繼續尋找野菌蹤跡，也開始尋覓野地燒烤玉米的場所。上山經過玉米田總是要摘個幾根揣在身上，雨後所有柴火浸溼不好起火，但為了讓兩個城市鄉巴佬母子吃到野味，硬是將火生了起來，讓人佩服不已。

山村人在自己熟悉的天地裡，事事樣樣都順手與自在，什麼都很厲害。一旦為了掙錢進入都市，離開了自己的慣適圈，得照著他人的遊戲規則出賣勞力換取金錢，萬事都難以如意，硬要鳥兒跟著狗兒比賽跑，心裡頭的那種苦悶，連自信都被逼跑了。

應該太餓了，野炊烤玉米，果子吃得津津有味。口渴一旁還有小山泉，插著一根竹桿引出水來喝，實在口渴喝了許多。活在自然裡的人，在那裡就有屬於自己的自信。吃飽喝足繼續找尋野菌，陳果納悶都吃飽了怎麼不下山？兒子，我們是跟著上山來工作的，不是上山郊遊，沒採足一籃菇，回家可不好交代。一同上山兩樣情，我為休閒，他者可是為了生活，遊憩這檔事可是工業革命後平民才開始有的發明。心中湧現感觸也帶著感恩，有閒暇是種幸福，但同時佩服著村民，忙活著也能在勞動中找樂子的興致。

一趟採菌路程遠比想像中還遠，足足有二十六公里，天快黑才趕著路回家。上山容易下山難，鬆軟溼滑的土不好施力行走，腳要更使力的撐著，偷偷心疼著我這中年的膝蓋，嗚嗚嗚。泥菩薩過江，也顧不得陳果，小子走累也無聊了，在後頭看著步伐開始搖搖晃晃，也沒掉到山谷裡，人的本能真是讓人驚嘆。天黑回到村裡大家在外頭候著等吃飯，遠遠看到村民們笑臉熱烈歡迎，本想著這兩個臺灣來的肉腳，居然也能走完這一趟。

那天晚餐，大家七嘴八舌討論著，村裡小孩也對陳果另眼看待，那晚小子吃得特起勁。日子待久了才知道，在這裡到哪都要靠雙腳，去哪家吃飯，不是要走到一個村就是要爬上一座山，果子忍不住說怎麼每天有爬不完的山呀？嚷嚷不能再繼續這樣走……老木我也想念著以車代步的便捷。距離與想像總是因為腦啡作祟有美感，而現實處境，不論是可不可承受的輕與重，才是真滋味。

茅坑記

回到我最深刻的記憶——茅坑吧！這輩子也不是沒有蹲茅坑的經驗，但在雲南一個月的日子，要朝夕相處使用頻繁倒是頭一次。那日子對沖水馬桶的思念，在回到都市時重逢，恨不得抱著它不再與之分離，還記得立馬拍了張照傳給在臺灣的山夫。

這裡每家人的茅坑規模大小都不太一樣，幾乎都要稍遠離住家並與牲畜為鄰，最基本款是一條長溝，倒也會有牆面，只是遮蔽程度的差異。就像每個人家的清潔衛生習慣不一，有些茅坑乾爽簡單、有些人家就略顯偷懶點，前人積累的都快滿溢出來還不見人清理。

我住的家屋茅坑老實說只要不往溝裡細看，蹲著如廁可以觀看外頭菜園的風景，陽光一來裡暗外亮也有番美。只是看出去的畫面美，裡頭氛圍欠佳，除了空氣中瀰漫的味道外，身旁飛竄著蒼蠅與蜜蜂時時相伴，在耳邊嗡嗡嗡的煩死人。還記得，在臺灣有個朋友如廁被蜂螫，臉腫得饅頭大，萬一被螫了屁股，那可害羞呀……，所以總是很安靜的蹲著不敢擾動牠們。

有一天，緊接著在大伯後頭如廁，滿室菸味，飛蟲早就不見蹤跡，人生第一次覺得菸味清香，在裡頭來一根是王道。二姊家的茅坑，是一個很深的大坑，擺上兩塊木板橫跨讓人蹲著，四周圍著一半的矮小土牆，上頭有遮雨，真的只能蹲進不能直立。使用時功夫好就是要精準地解放在兩塊板的隙縫間，起初，我納悶為何不將兩者距離拉開好順利通過，一到晚間我立刻明白，間距拉大，這晚上摸黑進茅廁一腳踏入一不小心就會發生慘案。說實在的，挺喜歡這種深坑型的，也因為四周夠開放通風，味道清新許多。

大嫂在貴州老家的茅坑最令我恐懼，空間狹小封閉到動作稍大就會碰觸到壁面，無轉圜空間的接觸感委實不舒服。茅坑與豬舍為鄰就隔一道牆，一旁的豬聲像似在催促著你快點，吵死人，在設計上豬屎尿會下排到我如廁的溝裡集中。所以跟一般茅坑又不同，這人豬的相互混雜且含水量充沛，一天解放時疏於謹慎控制，過於放任的結果就是猛力回彈濺到屁股，媽呀，已經忘了當下有沒有尖叫爆哭了。所以每次都是忍到不得已才要上門使用，且速速來速速去，太心急還把褲子拉鏈拉斷，嗚嗚嗚，還是哀嚎想哭……。

陳果有天興奮跑來跟我分享有人居然在如廁時嗑瓜子，因為他看到一地的瓜殼，老實說，我真的很佩服這人能如此淡定，看來邊滑手機就是我大驚小怪了。陳果還問為何毛毛蟲也跑到茅坑裡玩？嗯……兒子呀，那叫蛆……。

放牛去

在德來學校假期，村裡小孩通常會分攤簡單農事或放牛，原來放牛是需要相約一起的，因為牛屬於群居動物，超級怕寂寞，孤身一隻在野外如果遠遠聽到同伴的呼喊聲，多遠都會狂奔去會合，速度快到主人要追都無法趕上，沒想到，牛這樣無法獨處呀。所以幾個人家趕著自家牛一起上山最安心，牛有伴不亂跑，放牛的孩子也可以一起玩樂，牛與人各自有伴，也是種共好。

雨後放晴，跟著孩子一起上山，土仍有點溼滑，陽光照射下，空氣中有青草夾帶著牛羊糞便的味道。沿途與羊群

相遇，牛羊都趕著上山吃雨後的嫩草，經過自家農地順道拔幾根新鮮包穀與挖幾顆土豆（馬鈴薯），準備作為今天的午餐與點心。一路上孩子可忙著，一下鑽到林子裡採草藥，一會兒爬到樹上摘野果，就像在自己家再也熟悉不過。循著前人路基繼續往上爬行，眼前景象時而封閉時而開朗，也要時時當心腳下免得滑下山谷。

終於來到放牧的大草原，安頓好牛隻，一群孩子早已手腳麻利地爬上岩壁高處在那嚎叫著，我跟陳果也趕緊跟著攀爬上去，眼前視野遼闊，腳下的空地草原跟遠方的山谷一覽無遺，難怪忍不住要鬼叫，美到無法形容呀。小說海蒂在阿爾卑斯山放羊的情境，終於可以被理解，就是在簡單與繁複的勞動日常中找樂子。

平坦的草原被四周的山與樹林圍繞著，我還在喘息欣賞著這一切時，孩子們已一溜煙又從山壁上下去，熟練地四處收集著乾樹枝，不一會草原中心堆起高高的柴堆準備起火。年紀較大的女孩負責生火，高原氣候夏季雖然涼爽，但大火著實高溫，看她滿臉通紅揮汗如雨卻熟練地攪動樹枝，我在旁心急的跟著要投入食物燒烤趕緊被制止，原來這烤物要等柴火滅了用餘溫烘熟才好吃，否則一不小心個個全都變成黑炭。

在等待食物悶熟的過程中，孩子們又各自忙碌去。有的顧著玩，有的撿拾細柴火備著回家給家裡燒，有的拿著小鋤頭低頭找藥草，回家好燉著美味雞湯。我拿起紙筆速寫了起來。陳果在幹嘛呢？我真忘記了，沒來煩我，忙著他自己的事，到處探索。山上時間過得快，大姑娘喊著大家來吃，這時所有人又回到營火前分食著燙手的烤物，烤玉米很有嚼勁，咬起來挺累，不過好吃。

孩子拿出一包辣椒粉沾著土豆吃，辣辣香香鹹鹹味道很搭，從土地直接取出的新鮮馬鈴薯，簡單煮都很美味。吃飽了，大夥又各自散去，草原中央有一灘雨後留下的淺水，有人玩起水來，有人找個樹蔭躺下來，有人繼續爬上山壁，陳果跑去抓蟲。

大姑娘還是堅守崗位繼續攪翻著待熟的食物，果真雲南姑娘從小就被訓練得貼心耐操。我呢？躺在草地上曬著不刺人的陽光，享受眼前一切的舒服，耳邊傳來周杰倫的「稻香」，在外地打工的爹娘送給留守孩子的播放器，彌補沒父母陪伴的時光。音樂旋律在這四周環山的大草原裡迴盪，忍不住張開雙臂在草原中央迎向微風，女孩在草原上隨著音樂漫步飛馳，其他人或坐或臥的在草地上休息。這畫面的一個下午，風輕輕吹著，天好藍、雲好高，有音樂相伴太美妙。

人類生活從四處採集與狩獵到定耕，試圖與自然共同創造作物，開始有機會儲存多餘糧食，農閒給予人很不同的生活滋味，美有時需要閒暇方能被創造。回臺灣後，忍不住又聽著稻香，回味著那一個難忘的午後，卻不知怎的再也沒這麼感動，原來情境不同會有如此大的差異，不禁懷念起二〇一四年大草原的美好時光。

村裡男女大不同

在德來村的日子有很多有趣的觀察，個人經驗很難論定為普遍現實或定律，沒有嚴整的調查研究與數據作為基礎，難免偏頗，純粹是個人體驗加上腦怪加料，進入到他者的生活情境中。其中最震撼的就是這裡的男女分工，大多數時候女人們是從早忙到晚，幹農活、帶小孩、燒飯洗衣、餵養牲畜、曬豆打豆到取豆、林間採野生菌、上山放牛兼撿柴火、農閒時為家人製鞋作衣，能想像到的事，幾乎女人都包辦；除此之外，常常為了貼補家用，還需背著自家的雞蛋或野菌，天未亮摸黑走上好幾小時的路程，越過山頭到鎮上的市集銷售，只為了多掙點錢翻新家屋或是給孩子們升學備用。

不時會看到的畫面，少婦背著堆疊起來比自己還高的作物或柴枝、前頭用布巾懷抱著小嬰兒、一手牽著剛學走路的娃、另一隻手也沒閒著趕著牛。上山放牛吃草兼撿柴火，傍晚回家繼續幹活的景象，這就是在地婦女的日常。以前不敢想像的畫面，就活生生地呈現在眼前。

而男人呢？常常就是獨自或是幾個哥兒們坐在屋簷下抽水菸，相對於女人們整天像顆陀螺般轉個不停，這裡男人在我眼裡命可好，基本上在家裡常常是翹著二郎腿天下太平樣，除了必要時的外出打工，或是女人真做不來的事，才有他們勞動的分。

吃飯時男人先上桌再來才是女人，吃完一地髒汙，女人收拾，男人繼續抽煙喝酒。農村價值觀裡最重要的是男丁，一旦女人生不出兒子，不是被趕出家門就是被婆婆毒打，生女兒沒人給做月子，剛生完的隔天，就得碰著冰涼山水幫新生兒洗尿布。辛辛苦苦地度過每一天，有時還須忍受另一半外出打工，自以為開了眼界而回頭嫌棄糟糠妻的嘴臉。

這一個個女人活生生地出現在我停留雲南的日日夜夜裡，跟著她們圍著水盆用粗葉洗野生菌、吸著打豆的灰塵邊撿拾豆莢中的漏豆、摘下剛從地裡拔出來的毛豆等著蒸熟當零食……。女人們常聚在一起彼此相幫，手忙著活嘴巴也沒閒著，方言真聽不懂，但看她們眉飛色舞七嘴八舌的表情，光看就想鐵定很八卦超精彩，女人的嘴，可畏。為了能融入其中沒有違和感，跟著在裡頭攪和的我，還要不時地發出回應跟笑聲，天知道我壓根沒聽懂，大娘總很開心誇獎地說，我夠厲害已經聽懂雲南話了，寫著寫著，真想念她。

女人們透過不時的相互聚集幫忙，有時是一種必要的集體治療與相互陪伴過程，藉著彼此打抱不平，罵著誰誰老公、誰家婆婆、誰誰孩子、誰家親友，以度過不斷勞動的日常。妙也妙在常常女人們的紛爭也來自彼此，在這裡充分感受到女人角色的偉大與重要，人類放棄採集與狩獵的生活，定居在一個地方，母親變成重要的角色。堅忍的支撐一個家，不畏辛勞、省吃儉用，只為讓家人好好過活。現實的處境，農耕生活其實並沒有進化得比較輕鬆，而閒暇需要透過剩餘的食物來供養，其交換的就是更多的勞力與時間付出。

這般的女性過活方式，對受過女性主義薰陶的我來說，簡直太不可思議了。太辛苦了！沒想過要掙脫嗎？回應總是帶點意涵的笑，那男人也太幸福了，也是回答詭異的笑……。也許每個人今生的功課終究是不一樣的，看似手中沒好牌的困境也許是另一種修行機會，在每日土地裡的身體勞動下與生活瑣事中活在當下。活著．活著．活著，做好自己本分，也許智慧會在生活歷練中體現，而非書本，無需知識也能完成這輩子的功德圓滿，這就是知命與認命吧。

山裡的方便事

在雲南的日子，平均四到五天洗一次澡，高原氣候清涼乾爽再加上水源珍貴，洗澡真沒必要也很奢侈。睡前燒一鍋熱水，局部擦擦身體、抹抹臉、洗洗腳，就這麼一盆搞定，算是結束一天的身體清理工作。所以晚餐後，孩子們就會開始去燒柴煮熱水，每個人分配些許熱水，要有意識地從臉開始清理然後身體，最後就是整隻腳泡在水盆裡搓洗。我們母子兩盆水，坐在小板凳上各自搓洗著雙腳，說真的在臺灣日常洗澡，反而沒這般仔細地清理過雙腳，在雲南的日子，天天倚靠他們行走，每天都好生給他們舒緩一下，再上床去。

這樣的清理方式因為太公開，總是略過了屁股，因此，媽媽我對陳果便後清理就特別有堅持，幾乎還要親自操刀幫忙，用草紙沾水每每在茅坑裡低頭擦他的小屁股，眼角餘光還不時會瞄到坑裡物，簡直是折騰，索性讓果子就在戶外草叢解決，媽媽可以不必憋氣，搞得面紅耳赤快缺氧昏倒。

剛開始，陳果難免有羞恥心不願在外頭如廁，有點不解甚至拒絕，老母就告訴他這是在幫植物施肥，好事一件，完成後母子倆一起翻土湮滅證據。久了他也覺得挺好，甚至好玩，這下連尿尿都說來給植物一點新鮮的，懶惰怕事的我也懶得管，就隨他去。但總是要再三叮嚀告訴他這是不得已的狀況，離開山裡後千萬不可再犯，然後繼續放任他……。

回到臺灣後，一切回歸常規，雲南生活的日子變好遠，也漸漸變成快要模糊的記憶。有一年中秋假期，陳果跑到家裡院子草叢大便，解放後來不及落跑，褲子還沒穿上就被老爸逮個正著，小子臉上露出帶點邪惡與調皮的笑容。山夫納悶不解地問明明廁所就在附近，為何這樣？「幫我們家植物施肥呀……」。兒子犯案老母當然跟著被審問，只好說明這些緣由，默默拉著水管沖水滅跡。上學的日子，他在校園不跑廁所直接就在花圃尿尿，老師也不解地問起我……。兒子呀，活在人的世界，就是在逆著血液裡的動物性學著文明化，總有個規則，不能太隨性。

追記

重新整理這些文字時，不知不覺德來村的那趟旅行已是七年前，腦海中浮現陳果稚嫩調皮的臉龐，還有剛回到臺灣時，仍舊習慣跑到花叢裡如廁的情境，忍不住莞爾。現在的他，即將升上國中，不再是當年的小孩，而是走向自學的青少年。在雲南的記憶，他不知還記得多少，是否還記得我常常拿著藤條追著他打罵，然後被大媽勸阻。當時為何要對他如此嚴厲已不復記憶，這些教訓到底是為了給他人觀看，還是真正是為了矯正一個才五歲的黃口小兒，已不可考。正在修改文字時，陳果走到書桌旁，忍不住跟他道歉，他笑著回應我，臉上表情仍是那調皮樣。兒子呀，謝謝你當年和我一起同行。

辭別避世的桃花源

雲南德來村的地勢環境很特別，在以前，出入都要經過一個險峻的小峽谷，現在通行的路是後來用火藥炸開的，河對岸仍可見到沿著峭壁狹窄險要難行的舊古道。民初戰亂村民的老祖們為了逃避四處抓兵一路逃到大山裡，易守難攻是絕佳的落腳地點，聽說當初連長征的紅軍都進不來，與世隔絕地躲避戰亂還真有點桃花源的況味。

進入村子的路徑並沒有柏油馬路，夯實的泥土地起起伏伏，不時還有一窪窪的積水，偶爾會有耐操的車子在好天氣時任性駛入。此外，還有像野狼的打擋機車可選擇，在坑巴泥土地顛簸彈跳進入，通行在這種路上不止騎士技術要好到能出國比賽，連做個乘客也要好好認真配合，不當使力與亂變換姿勢都會造成失衡摔車的風險。朋友的媽媽有次就摔個四腳朝天，好在山村人的身體被日常勞動操練過沒事，拍拍屁股與腿上的髒汙，罵罵司機沒技術，索性自己起身走回家。坐車每當行過窟隆或水坑時要記得將屁股輕輕抬起，一來閃過回彈的力道，二來也保持車子的平衡，這是當年學馬術時練就的「打浪」功夫，沒想到來這居然也用上了，司機還不時回頭頻頻回應眼神表示嘉許。

第一次進入德來村，行經封閉的峽谷段後，眼前景觀豁然開朗，一旁溪水潺潺從右側流過，投射在水面上的樹蔭也燁燁閃光，這美讓我聯想起黑澤明夢裡的水車村，在情境上有說不出的無名感動。可惜，幾次經過都沒為它留下影像，還記得最後要離開村子的傍晚，進入峽谷前，我頻回頭看著這一幕，想拚命記住它的美好，隨著車速前進這一切離我們越來越遠，有一天當我再度踏上這塊土地時，一切應該都會不一樣了。

來自山上的泉水加上對外阻隔的土地，若能確保不會飄來酸雨雲團，此地根本就是絕佳的有機農耕環境，我犯著外來者自以為聰明企圖干預改變的毛病，鼓勵著年輕輩的村民何不將在地的好東西往城市輸出？年輕人躍躍欲試，但老人家笑了，自己吃剛剛好，如果要拿出去賣錢就要更費力去耕作與收成，為貪快與品質充量，蟲害與地利枯竭下各種農藥就不得不用，如何維持友善環境？

這件事衝擊了我，反思生活確實是一種平衡，老天與土地供給著每個家剛剛好的糧食，土地分配剛剛好，人的勞動體力剛剛好，一旦有多求，牽一髮動全身，一切也不可逆的變質了。人自以為聰明的對策，常常企圖改變自然中的平衡，只因為想滿足站在某個立場上的有利基礎，往往造成更大的災難。聽到老人家說的那番話後，在村裡的日子我開始謹言慎行，選擇多看多聽與跟著做，也開始重新認識這一切看來很貧窮與匱乏的環境，少了很多現代生活的便利卻擁有很多現代人渴望的自然生活，似乎少了金錢可用卻擁有錢買不到的簡單幸福，似乎與世隔絕不識外界卻有著對活在當下的豐富智慧……。

奈何這一切隨著電視媒體的積極侵入、基本教育的啟動與資本主義消費的入侵，將不可逆地加速其質變。開始改變歲月積累的平衡，開始失調，食物不對了、住的地方不對了、幹農活不對了、身旁的親人也不對了⋯⋯，就必須離開土地，進入都市過起追求貨幣交換的生活，而當有一天想念時也回不去了。

離開的時候，也是坐著機車，我頻頻回頭想把眼前的風景牢牢銘印在腦中，路旁也開始趕工施作著道路工程，隔年春天公交車就可以直駛入村，往後來這裡就方便多了。也許下次來就會有沖水馬桶了，每天都可洗熱水澡、有舒服的床墊、乾淨無泥濘的地與更多生活的便利，但我鐵定會想念這泥土地上許多不便的日子。

追記

朋友雲南老家的父母來訪，從沒離開過自己生活大山的兩老，一出門就飛到兩千四百公里外的臺灣，憑藉著膽大沒在怕的草根精神，硬是登陸了他們想像中的寶島。那天在家裡的餐桌上，和兩老混著聽不懂的家鄉話閒聊，他們總是開懷露齒地笑著，看似違和的場域必須配合文明的演出，剛開始雖有點拘謹，後來也能夠自在。

兩老在六十歲大壽前，各自準備好將來終老後要用的棺材，棺材需要使用的木頭，早早就種在後頭的山裡，透過長久傳承下來的經驗，等待耳順之年就可取用製作。棺材完成時，依習俗將大肆宴請各方親友吃喝同樂，好像是生前的歡樂告別式，不給兒孫添亂，自己不僅備好棺材本，乾脆先做妥放著。昭告大家，過了這個年歲，朝著死亡更加的靠近，每一次的相聚都很珍貴。舊有的山村生活，能長壽確實不容易，這樣看待死亡的態度，讓人覺得特別。第一次見面的山夫說，透過他們才終於理解廣大的中國農村人民，那份安定、認分與堅毅，是他們構成一個國家能夠穩固的基礎。從古至今，農村亂了，國家就準備滅了。

幾年前，我帶著五歲的陳果造訪雲南貴州邊界山裡的德來村，與當地人一同吃住生活將近一個月。猶記得坑坑巴巴的泥土地，下雨變成一個個的小水坑，果子每天在此路徑上奔跑爬樹，從頭到腳搞得一身泥也樂此不疲。而我呢，跟著農村婦人們的作息，不專業的撿豆子、採野菌與跟著上山放牛，聽著他們七嘴八舌地說著聽不懂的方言，久了他們似乎也沒在意我聽懂否。其實聽不懂跟聽不到都很好，因為腦袋的心思不會繞著別人的話語轉呀轉，心裡挺自在。

雲南生活的日子，對我來說是養分，諸多不便與茅坑生活對我來說是一大考驗。伯父伯母來到臺灣拜訪後，看到我有點養尊處優的生活，驚訝我居然能待上這麼多時日真是不可思議。也許冥冥中是最好的安排，那年夏天，透過異鄉他者的簡單純樸生活，讓我對人與人的

關係有了不同的體驗。同時對於當時心頭極端混亂的我來說，有了沉澱下來的機會重新理解。看著農村婦女們從早忙碌到晚的日常，只為著每一餐的溫飽而沒停過勞動，似乎沒有自己，但卻如此的認分。生活如此，讓我打從心底的佩服。

歌德說勞動可以使我們擺脫三大災禍：寂寞、惡習與貧困，文明的發展讓我們有機會擁有閒暇，人一停下來就會胡思亂想，而有了哲學。有人的深思熟慮可以改變世界，但多數人的冥想到最後都只是白日夢，一步步的實踐才是王道。那年的雲南生活，讓我深深思辨起究竟該回歸既往生活或往前追求進步，我依然沒有答案，只知道一切發展的初衷都是基於善意，但是走著走著，我們都忘了最初自己為何而戰。

春

在瑞芳學

在瑞芳學，不是關於地方知識的學習與建構，
而是關於我這樣的一個人，在小鎮裡的真實生活，
如何一步步的引領我走回自己的心；這是個可以聽見自己心跳聲的地方，
有一種生活態度要在瑞芳學。

你煮你的麵我追我的月

月圓那天，開車行經濱海公路，遠遠看著偌大偏黃的月球，這時節的月亮好美。停在路旁熟悉的店家買麵，忙碌依舊的老闆娘正埋頭苦幹著，忍不住跟老闆娘分享叫她出去外頭看一下。她抬頭揮汗對我苦笑著，店裡坐滿客人正等著她張羅吃的，怎好搞起浪漫，奔出門去賞月。

要說瑞芳人有什麼特徵，或我對他們有什麼印象，不得不說居住在瑞芳的老一輩人，還挺愛錢的，而且愛得超級可愛，有天被樓下姨嬤叫住，問我的民宿缺不缺人打掃？我以為阿姨好心要幫我介紹，結果是她老人家要親自出馬，我驚呼母湯呀，阿姨你這把年紀腰會斷的，萬一在工作中躺下，是要我如何呀……。兒孫都已經長大自立，老人家根本也無需為了生存而掙錢，但閒不下來，就是想賺點零花也同時打發時間。

以前還在黃金博物館服務，門口的警衛是九份的包租公，手上的店面租其實也是不愁吃穿，月租收入比我當館長的薪水還高，如果是我早遊山玩水去了，實在也不懂為何要屈就在一份小差事上。他說在博物館做警衛工作看看遊客聊聊天，打發時間還有錢拿，不亦樂乎，說起來這般人生也實際得挺好。

所以真的別小看走在瑞芳鎮上穿著毫不起眼的人們，社會位階與服裝儀容也很難秤出錢袋裡的真實力，終究住在這裡的人，無需靠著外表裝扮與標籤來證明自己什麼，也只有住在都市裡的人才需要證明及彰顯自己，無論是內外因素，無非就是需要被看見。

在一個地方生活得真真切切，才讓我體驗出了差異與感知到人性。瑞芳經歷的大起大落，讓一個曾經如此富有的地方極速沒落，錢不再是進坑裡挖就有，街上的買賣也不再熱絡，大家突然意識到，原來財富是有可能不再與自己攀緣的。可能集體共同經歷了這些真實，驅動對金錢不足的恐懼，所以能做一直做就變成一種信念，享樂是奢侈。這樣潛在的不安，可能需要透過幾代的安定，才有辦法平息。

駕駛座旁，保溫袋裡放著老闆娘剛做好的湯麵與飯菜，念頭閃過惋惜她忙碌著經營日常無法抬頭欣賞圓月，但也許每個人本來就不同，我愛的明月未必能安撫他人的心，而手裡握著踏踏實實掙來的錢，那種心安，也是無人能否定的。

提著熱騰騰的麵鍋，繼續追著月光來到陰陽海邊，剛開始練不一鼓的時光，我們在這裡摸黑習鼓，看不見彼此，只能聽到起起落落不一不齊的鼓聲。直到月亮在海面上升起，月光投射在白色的鼓面，映照出每個人臉上的光亮，水水靚靚。每當看到水湳洞的月光海，就會想起那個最初，只是單純的想在一起打鼓的人們，沒有固定的練鼓場域，天地就是最大的鼓坊，鼓聲在大自然中，完全只是一丁點的聲音。在陰陽海邊的月光下，我們同在一起，專注在把鼓練好，構成一幅美景，這一輩子應該永遠忘不了。

不一鼓至今已滿十三年，十三年代表著什麼？一個小男娃可以一路到小學畢業；然後再生養一個小女娃陪著他當妹妹；可以完成一本博士論文；可以創辦一間書院；可以頭髮花白許多……且發現自己已不再年輕。

有人問我，為何放不了這只鼓？可能曾經是一種執念，不想放棄、不想認輸……，到最後，它可能就是我生命的一部分，始終陪在我身旁，也沒有放不放的問題。到底是我掌控了它十幾年，作為自己脆弱心靈的工具；還是我被此綁架了最寶貴的歲月，糾結在難解的各種課題中……。

曾經我帶著不一鼓傳遞著傾聽自己內心的訊息，但諷刺的是，我很少去聽聽自己真正要的是什麼，或者釐清最真實的目的；不是我迴避，而是我以為自己清楚地知道自己。走了十年，從出發時嚷嚷著要去改變世界，最後才理解，這世界真不急著要我們去改變，也沒有人非要我們去解救；人生選擇出發拚命想做點什麼，都是自己內心的那個巨大黑洞搞的怪，最終真的都與他人無關，如果有，就真的是恰恰好遇上了，而你也挺愛一起演的。

一切都是最好的安排

幾年前，不一鼓因為諸多因素而暫停，那對我來說是很大的衝擊；已經持續陪伴了七年，從沒想過鼓聲可以停止。當時自己確實也心疲力竭，無力也很痛苦，不是夥伴不好，而是我們很難再繼續一起往前或保持現狀。無法得到共識與取得平衡，彼此的生命課題全都糾結在一起，讓我痛苦萬分。有一次路過，被里長抓著溝通噪音的困擾，要我們停止習鼓，我突然無意識的抬頭看著天，心裡納悶著，難道祢是在解救我嗎？

於是鼓坊被閒置了三年，和夥伴的鼓聲暫偃了。完成博士論文後，我全心投入新村芳書院的籌備計畫，想要在小鎮辦學，重新建構人與自己、人與他人及與環境的關係。在論文口試完成後，指導教授問我博士後的後續安排，要回到學校教書，還是有繼續延續論文實踐的構想。彼時，脫口而出要在瑞芳辦學，驚嚇到老師同時也讓自己在內心小小跳動不已。

就在那個時刻，我漸漸明瞭到，一切發生的最終要帶領我走到這可能的方向吧。雖然在脫口而出後，如何開始？如何做？腦袋一片空白。但一路走來，自己好像常常就是因為一點點的靈光乍現，就起身出發了，繼而看到與體驗到不同的風景與滋味。也常常在這些毫無萬全準備的狀況下出發了，嘗到苦頭與付出代價後漸漸長大，那是屬於我的成長方式。

真實的我，常常會衝動、暴跳如雷很難控制自己的情緒，有很多的自私與不完美。選擇做這件事，應該就來自於我內在底層中的匱乏。二十年前，選擇從首善之都移居到山城，脫離了舒適圈與同溫層，來到他人的家鄉與生活場域。人生開始嘗到我高人低的位階，忍不住就想要給予想要指導，認為自己所看到的是最好的；殊不知，我根本不理解他人的處境與生活脈絡。於是，衝突與矛盾就開始產生，很多事情就是不平順。

事情就像一連串的鬼打牆，怎樣都走不出這死胡同，周遭的人似乎都與我為難……。於是，終於有莫名的力量出面干預了，停止打鼓狠狠逼我放下，那可能是我人生最低潮的時刻，自信心與動力都蕩然無存。藉由博士論文的書寫，我重新反思一路上的實踐，看到自己的自大、無知與脆弱，也認知到原來學校從來不教導我們的事，是如何理解自己。而那些教育沒列入學程清單的，偏偏又是我們一生中可能是最重要的提問——我要過怎樣的人生？人生要如何獲得幸福？如何建構與他人的關係？

於是，我在最初想習鼓的百年貨運行倉庫興起辦學的念頭，有人問我仔細評估過嗎？如果理性起來，這件事應該連想都不要想。當初投胎時，我可能帶著一份伴手禮，就是任性且很敢作為，這份禮物，還附贈了一票天使隨行。於是在大家捏一把冷汗與許許多多人的有形無形協助與祝福下，新村芳書院不可思議的誕生了，在瑞芳小鎮的鐵道旁。

當初息書房在修繕時，我特別請山夫幫我留下一處掛七彩不一鼓的牆，我以為不一鼓可能就是一個通道，讓我來到瑞芳老街創辦了新村芳書院，然後功成身退，從此將他們高掛在牆上陪伴我。

後來，因為一個突發事件，需要重新啟動鼓坊，緊急花了兩天的時間，打掃了空間。我坐在久違的鼓坊裡，有點累同時心裡萬般滋味，鼓兒子們一個個整理好重新拴緊螺絲。我心裡問著：「你們準備好要跟我一起再出發了嗎？」那一次，不一鼓沒有演出，我們帶領著不同的朋友們，透過鼓聲，去傾聽彼此的聲音，同時也藉由鼓來觀照自己及與他人的關係。當下每個人都很感動，本以為要來練就一身打鼓功夫的，居然這鼓聲是往自己的心坎裡打去的。

我非常喜歡大家分享自己體驗後的過程，不論你有沒聽到自己的鼓聲，我相信透過不一鼓，每個人都會有機會重新看待自己，就像我是在執意陪伴它多年後，看到我自己一般，共同擊鼓的神奇之處，就是真實的反映著每個人的人生。有天晚上在新村芳書院送走了來上課的大學生們，獨自開在濱海公路上回家，眼前是清晰的獵戶星座，頓時有種滿滿的感動與幸福感，我想我開始真正體驗收到一份禮物。

用瑞芳茶釀的酒

臺灣第一棵茶樹苗，是種在瑞芳傑魚坑，靠海的瑞芳除了雲霧的條件，因多了海鹽與風，更該是絕佳風味的產茶地；只因種茶生活清苦，發現金沙的基隆河，隨即召喚了眾多淘金客湧入，一路溯源發現礦脈的礦山，一個地方遂從茶鄉變成了金礦山。關於茶的傳說與故事，因後來居上的金礦產業漸漸被遺忘。

我一直當這是個無法考證但卻美好的傳說，殊不知，在新村芳書院一次的村民大會中，與瑞芳在地的方老師邂逅，他們家傳了好幾代的老茶園，剛好見證了《臺灣通史》裡的描述；原來，這是真的，二話不說，怎樣也要出發去探訪。不喝茶的我，跟著退休回家鄉種茶的二哥上山，沿著陡坡一路上爬的過程中，走到開始喘息時，眼前的竹林退場，出現一叢叢矮化的茶樹，排排站的望向遠方的基隆河與更遠的海港。不喝茶的我，看到幾株矮化後的老欉感動莫名，自己居然站在活生生的歷史現場。當初栽植樹苗的人，心底應該不是把它想像成可以發財的經濟作物；而是鄉愁，那是屬於故鄉的滋味，飄洋過海移植它們，只是透過味覺，可以有機會透過味蕾的滋養神遊重返故里。

摘下一片嫩葉，咀嚼了其中的味道，從無到有一層層的帶領著，最後留存茶鹼的清香與回甘；天呀！我嘴裡居然是瑞芳茶。回到陳家的石砌老屋旁，二哥隨手沖了一壺混合各式品種的八寶茶，一盤東湊西拼到齊的茶具，不成套的茶杯上頭還有著陳年的茶漬。沒有茶席的精緻擺設，茶師也沒有穿著仙氣飄飄的衣服，身上還帶著才忙完農務的泥土與汗水，只為了給我們喝一杯屬於瑞芳在地的茶，光是這份簡單而日常的心意，就很讓人不帶拘謹與壓力的心領。

一口口的茶喝下，主與客開始各自緩緩道出自己的種種，彼此間也因打開心房漸漸拉近距離，從陌生進階到粗淺的相識。坐在眼前的二哥，是沒有驕傲背景的尋常人家，或許畢生並沒有所謂夢想的追尋，而是找份工作務實的養活自己與家人。一直到多年前的 SARS 風暴，他因為往返兩地被迫隔離一個月才暫時停止。人生難得的長假，讓他有機會沉澱與放鬆自己，從一開始的焦慮到全然放鬆，體驗到閒暇的可貴，讓他早早就按部就班地規劃自己的退休時間與後續安排。

離開職場後的他，卸下藍領身分開始學習書法，並回到祖先留下的土地上，透過農務，與天地自然共創新的契機。不再是為了求存與目的而做，而是透過自主的身體勞動，與自己好好在一起。他緩緩說出人生解惑的過程，往往在勞務中，那過去百思不解的結就化開了；我聽著聽著似懂非懂，在山城歲月中，只要與自然為伍，總有機會迸出奇蹟與答案。

美是什麼？不只是視覺上的形式，那份藉由茶湯牽起人與人的緣分，有說不出的審美滋味。第一次相遇回程的路途上，突然在想著，這幾年移居到此的歲月，瑞芳人教會我的是什麼？每個人這一生的生命起點都不同，有人為了三餐在奔波，有人為了下一餐要吃什麼好料而煩惱。瑞芳人所教會我的，或許是一種生命的態度，就像一場牌局，拿著手上的好壞牌，我們如何地玩好它。因為生活在地方，我有機會打開心去看見。

後來我動念想用瑞芳茶釀酒，再度拜訪了在山上的姊夫與二哥，商量起我想用瑞芳的茶來入酒，作為新村芳書院「在瑞芳學」的籌資出版商品。

他們兩個人聽著我說的話，似懂非懂地笑了笑，口中喃喃地說道：「自己喝都不夠了，哪有辦法給你做酒呢……」，轉身倒了一杯他們自己做的藥酒讓我喝，我一口喝下，坐在院子裡，就著滿桌豐盛的菜餚，開始聊聊吃吃喝喝，彼此沒再提起這件事。

過了幾日，我又厚著臉皮上山找二哥，央求他能否提供些許茶葉讓我回去試入酒。帶著一袋瑞芳茶，興奮得拿出聞聞它的香氣，其實不懂茶的我，哪知道好壞，驅車直奔酒廠。看著造酒人緩緩地將瑞芳茶放入蒸餾器裡頭，我滿懷期待地等著這產生的滋味，入口的當下，滿溢的感動隨著酒氣與茶香瀰漫。臺灣第一棵茶樹苗，是栽種在瑞芳，而它們就在我手中的這杯酒裡，自己很樂。

帶著蒸餾好的茶酒又上山找姊夫與二哥，他們仍舊是淡淡地沒多說什麼，仍舊是拿出酒來要我一起喝，每次去總是有好菜一桌好好吃一頓也沒有白走。一天，二哥來電說要採今年的春茶，問我要不要一起？天未亮，趕忙就發動車子前往。話說老人家們怕熱，人家是正午採，他們要趕在太陽高掛前完成。

早晨的茶園，清靜得像是一座道場，試著採摘幾株嫩葉茶枝後，我的採茶人生從此展開。採茶歌跟褒歌原來來自於手裡忙著，嘴巴閒不下來，聽著這一家人邊採茶邊鬥嘴邊說笑，不知不覺地，一排排的茶樹嫩葉，都被清理光光，而我兩光的臺語，也開始可以亂說幾句。

採著採著，天光從背部暖暖地映照了過來，茶香蒸蒸，整個園子開始有忽淡忽濃的茶芬，姊夫說著家族種茶的記憶，誰是最佳的採茶快手，當年的茶又是如何運下山，溯基隆河畔而上到瑞芳或下行到汐止去賣，腦袋中對於瑞芳的想像，開始抽離礦業生活的既有畫面，冒出了另一張特別的扉頁，原來過去瑞芳是茶鄉。

回到老家的石頭屋，趕忙將今日採收的茶葉倒出進行日光萎凋，輕輕翻攪確保每一片葉子都被陽光與風招呼過；一旁的家人陸續回來，有人開啟燒柴的爐灶、有人洗菜剁雞張羅吃的、孫子們在園子裡玩樂探索，一家人因為要採茶做茶而聚攏。

我跟著三哥做茶，他不厭其煩地說著每個細節，從過去最早的雙手揉捻，到現在的機器輔助，一旁的姊夫唸著最初手捻的辛苦，每次都哀哀叫再沒有機器來幫忙，就要放棄做茶了。製茶的步驟，一個環節接著一個，我邊看邊做邊學，跟著這一家人吃飯做茶很特別，不像在做工，更像是一種生活，只是當下，有做茶這件事在進行，就像他們家族過去的生命歷程，種茶做茶就是生活中的重要環節。

種茶的日子太苦了，孩子們長大都外出找機會，沒人可以守住這片老茶園，於是，過去的日常，逐漸變成難能可貴的回憶。看著二哥仔細地對著小孫女解釋，自己的女兒似乎也對這產業記憶陌生，就像是沒有礦業發展的當代瑞芳，所有的曾經，都變成耆老口中的懷念，而年輕人無從去想像。

第三次、第四次上山，與姊夫及二哥一家人漸漸熟識，他們開始對於我這個外來者不再感到陌生，即使仍舊搞不清楚我到底是在做什麼，甚至以為我是推廣專賣小農物產的商人，還特別問我要不要也拿薑黃去賣賣？而我也開始比較能自在自處。以前初到山城，看到住在這裡的人們彼此關係的緊密，非常羨慕，以為可以很快的就融入；後來才知道，在一起是表象的看見，我們永遠無法知道，因為要成全這個關係，彼此付出了什麼代價與牽絆。

每次採完茶一定有一桌好料，姊夫二哥總愛小酌一杯，那可能是勞動後最舒爽的時刻。二哥說種茶很辛苦，因為是自家喝不施放農藥，照顧起來需要特別的費心，隨著大家年紀增長，本想放棄，因為我的一句話與行動，讓他們開始覺得守護這座老茶園，變得有意義。而原本他們只願提供喝茶剩餘的茶量給我，今年的春茶，他們反而只留下些許，大部分的都給了我。

將這滿滿的心意，交給了酒廠；酒廠也特地和我來到基隆山下汲取一桶桶的天然麥飯石礦泉水，還記得取水那晚，整個海面的漁火點點，美到令人屏息，身體雖提水沉重的勞動著，但內心卻是滿滿的感謝與幸福；呀！瑞芳真是個有山有河有海，礦漁農產業的豐盛之地。常聽說做酒需要好水，加入來自基隆山泉水的酒滋味，果真特別的甘甜，瑞芳的茶搭配上瑞芳的水，再完美組合不過。這一切似乎是太過於瘋狂了，我居然在用瑞芳的茶與山水在做酒。

我與老茶園的這一家人，因為瑞芳茶日益熟稔，可以拿著小板凳蹲坐一起挑摘蕃薯葉，閒話家常的慢慢進入到彼此的生活中，聽著一家人的對話；尋常的一家人，卻有著不凡的態度去面對著生活中的各種挑戰。我們常追尋著典範走，想聽聽所謂成功人士的故事，而身旁尋常的你我，不都是所有精彩故事的堆疊嗎？

好好栽種一棵樹，好好坐下喝一碗茶，好好與人談一段話，好好為家人做一道飯……，甚至好好幹一串不爽的髒話，每個當下的好好做好好過，喝著瑞芳土地生養的茶湯，深深感謝這一切。

通過彼此發現自己

幾年前閱讀的一本書，是猶太裔作者寫下自己在納粹集中營的回憶錄，從中反思自己作為心理治療師的過程。當中讓我最印象深刻的一段陳述，是關於許多從集中營活著出來的人，除了痛恨與指證歷歷納粹的殘酷無情外，很少人會願意提起在這段艱苦的日子中，人與人彼此的互動和關係。

大家不說，但都默默承認與知道，那些道德最高尚的人們，早在最初就已義無反顧壯烈死去；而能等到重獲自由的人，每個人或多或少都有說不出的不堪甚至醜陋，只能選擇默默讓往事隨著時間沉澱或消逝。

也不用多做描述，作為人，我們多少能猜出過程中發生了哪些事，人們在遭遇生存危機與恐懼時，本能的動物性常常會成為關鍵的主導；二〇二〇年，席捲全球的肺炎疫情籠罩著全世界，在傳染疫情沸騰的處境上，反而有機會用特別的視角帶著我們反思，關照著我們因為害怕與恐懼是如何偏離成為人的道路。

每個人最初可能都是帶著設定好的腳本而來，透過與他人在一起，不論是相識、相處、相愛或相恨，我們都只是一個正在成為人的人（becoming a person），一個永遠的現在進行式。

在這段旅程中，我們也許一起同行，或背道而馳，按著來到世上的角色，學著如何好好認分演出。少了對手的戲，我們不會知道自己的能力提升了多少，我們不會知道擁有更多是要證明什麼，我們無法同理、無法擁抱彼此的喜怒哀樂，我們無法學習相愛，所以需要他人為伴。

托爾斯泰說，每個人都渴望得到幸福，但真正得到幸福的人卻少之又少，如果幸福有得到的法則，他個人的想法，就是當我們願意讓他人先獲得幸福時，幸福便會隨之降臨。所以他終其一生，想將自己天生繼承的財富，分送給他的農奴們，給他們教育還他們自由，但終究抵擋不住另一半的強烈反對，晚年離家出走，最後客死異鄉的小車站，因病離世。當初在準備托爾斯泰的《人生論》導讀時，看到關於他提出獲得幸福的這些文字，頓時起了雞皮疙瘩，好像打中了某些東西，這個答案非常簡單卻非常的難為。托老心心念念想著他人的幸福成就自己的理想爛漫，是作為知識分子最容易犯的毛病，同時忽略了一輩子儉腸捏肚守護家產本該最親密的另一半，甚至鄙視妻子的自利。

幸福到底是什麼？先給予作為一個答案，也許是對的。但有對象的優先順序嗎？或者其實無關於對象，人的一生就是來學會愛人的，愛自己、愛他人或者愛這個世界，並在失去自我的過程中，再重新找到自己。

逝去的青春，不老的靈魂

最近才知道交通法規明定七十五歲以上不宜開車，需要每年檢測方可繼續上路。突然意識到，能好好住在陰陽海邊的日子可能在倒數了。終老的歲月可能不適合住在交通不便的地方，而依賴開車到處去的習慣，可能也必須調整。有種淡淡的傷感，也同時慶幸著好在年輕時就選擇移居非都市地區；已經悠遊自在地享受著這一切，好難真正甘願回到都市叢林去生活，也不願意接受年華正在漸漸老去的事實。

中年創辦了新村芳書院，不斷迎來的大小挑戰，如何創造好的商業模式活下去？如何與他人協力合作？如何控制自己天馬行空的發想？如何努力向前但仍不忘辦學的初衷？每個當下仍舊會煩躁與不安，甚至不小心會有引發情緒爆衝的危機，但感謝著一路上的特別安排，透過與翁繼業老師的東方經典導讀與開始例行的靜坐冥想，幫助自己的心智逐漸成熟；好消息是稍稍減緩了容易暴跳如雷的性格，但心知肚明得要面對自身不再是無限的體能與行動力。

接近半百，開始有種與時間賽跑的急迫感，深怕自己還沒看到那遠方的未知風景，就已經受限於自己的各種無法。這是個幾乎每個人都會看到自己老去的年代；過往還沒意識到自己年紀就可能已經死去，拜現代醫藥發達之賜，現在的人延長了壽命，卻更現實地要面對自己漸漸老病的無助。

雖然開始力不從心，熬個夜需要睡整整三天方可補回，但自己的心仍會因為築夢而怦然跳動，然後滿腦子持續著瘋狂或者浪漫的想法。原來老去是真真切切感受到自己身體自主能力的不斷失去；自身志業的最大障礙，到頭來可能是自己無法再出發。

以前認為要騎單車就憑藉腳力上山，何須電動自行車來偷吃步？現在明白了，各種輔具的發明包括車子的自動駕駛，已經不只是確保著日常的非常必需，而是為了讓在身體上日漸不便、靈魂可以不老的人們，仍維持著具有品質與獨立性的生活。

老化與看著自己老去是現代人所面臨的現實恐懼，提醒我們除了活在當下外，面對種種的限制性信念，我們如何衝破與更加勇敢。我告訴自己要放下各種初老的焦慮，一切都會有最好的安排，不論是繼續往前或停滯，也許都是生命中最特別的巧思。

我們最終只需要盡情的去追求內心所渴望的，活出生命的各種可能性，創造讓自己與社會更好的努力。經典中每每提醒的，從來不是怕我們飛高，而是唯恐不想展翅飛翔而已，萬事互相效力，更何況有神、有佛祖、有阿拉、有大道給我們當靠山。喜歡一位朋友常常說的一句話，持續勇敢，生命的態度就該如此吧！

我不是學霸，只想找到自己熱情之所在

很多人以為我從小就是很會考試與讀書的孩子，其實高中讀的是私校，大學聯考是個重考生，駑鈍與不愛讀書的我即使在高三那年開始奮發圖強，也仍與大學擦肩而過，過起每天被關在密閉空間裡與上百個同學一起拚搏同時又競爭的日子。

那種極端的日子，是令人崩潰的，只能趁著午休的空檔，偷溜上補習班大樓的頂樓看看藍天，這個祕密後來被負責清潔的先生發現，看到他時，總是埋頭在一個個廁所隔間中不斷地拖地與清理，一個人要負責幾百個人擁擠活動的場域，確保大家都能有乾淨的空間。第一次清楚看到他的臉，是在頂樓的陽光照耀下，出乎意料的斯文，帶著些許滄桑感，我沒多問也不想了解，因為當時的我，是一個社會認定的失敗者。我們看見彼此時，只是相視點頭微笑，偶爾聊上幾句，然後各自找個角落，享受片刻的自由與新鮮空氣。

考上大學後，買了一本筆記本，首頁寫著，終於自由了，可以過上人過的日子；我告訴自己，非要用豐富與精彩，填滿我之後的人生不可。過去求學的種種，實在是不堪回首，但唯一想念的，居然是那年在臺北鬧區裡的露臺天空。

研究所考上臺大時，是該類組的榜首，在上榜率不到百分之十的年代，不禁懷疑真的是

我？冠上最高學府的頭銜後，開始覺得幸運之神降臨，爾後的各種考試甚至超低錄取率的博班，我從來沒再落榜過。是我變強了嗎？不，我仍舊是我，一點都不出眾；唯一的差別是，身旁開始圍繞著許多的真學霸，那種從小到大，沒在跟人競爭第二的頂尖分子。

我常在想，是不是不小心搞錯了，把我放錯了位置，這些聰明的腦袋，會不會一眼看穿我是冒牌貨，我必須真的像個優秀的學生，說起學術的行話，以掩飾我的平庸。於是，繼續鞭策著自己往前，找出可以贏過他人的路徑，不正面的迎向他們擅長的戰場，不打自己沒有勝算的仗。

慢慢地，看到屬於自己的價值與獨特性，也越來越懂得學理與書本在論述的事，閱讀與研究變得越來越有滋味與迷人，可以在課堂上討論著不想停歇，勇氣十足的說出自己的不同看法。唯一沒變的是，當有人說起我的優秀，仍舊會遲疑，這是真的嗎？那個曾在頂樓仰望天空的我，與現在的我，都是我；依然喜歡不時仰望天空，穿越時空，告訴那個曾經失落的自己，謝謝你沒有放棄。

輸與贏

陳果曾好幾日悶悶不樂，參加的繪畫比賽沒有得獎，回家一臉不開心，因為他認真畫的圖，未受青睞。比賽這檔事，真的很讓人傷腦筋，就是要挑出一個所謂最好的，而人難免就是有得失心，想贏似乎就是最原始的渴望，當結果不如預期，又是成了一種否定自己的苦果，罕見人能瀟灑面對。從小到大，我們一直深受其苦。

我問陳果是否還記得媽媽當初回學校上臺領獎的事？他點點頭，老實說媽媽很心虛拿到那份傑出校友的徽章，因為有人可能是用一輩子的努力一直在做，他可能更值得這個獎項，但他沒有機會被看到。而媽媽非常非常的幸運，糊裡糊塗地被選上，只因為我呈現的東西可能有些亮點，也可能是現時非常被需要的，又有許許多多的貴人相助，得到這份殊榮。

兒子呀，這世界的運作就是這般，被選上的，真的不一定是最好，常常是機運，沒什麼道理。媽媽從小努力也沒什麼機會被看見，但不知怎麼的，可能是對頻對上了，突然就有機會被看見。而你知道嗎，曾經有一位年輕的導演得了金馬獎，但他在得獎的前一年自殺死了。

陳果驚訝的問為什麼？因為他的作品不被他身處環境中的人所認同，大家都要他修正、說他不好、讓他非常的痛苦……，種種的原因，他最後選擇用這種方式離開。但是只要他願意再等一等，不用很久，不到一年的時間，就會有人看到他給他更棒的肯定，但他終究等不到了。結果上臺受獎的是他的媽媽，領了獎後，她無法說話，一直哭一直哭……。

陳果，媽媽跟你一樣也非常渴望他人的肯定，但請學會，當這世界並不如你預期的回應你時，你要先接受這樣的自己。你有兩個選擇，學著畫出別人價值中認定的好作品，好處是得到讚美與獎金，如果清楚知道自己為何而做，也挺好的。或選擇就是畫自己覺得想要的，接受別人可能無法肯定的失望，這應該非常不舒服，但以後你會知道，這樣活著會有多自在。

一封未寄出的信

一直想寫封信告訴一位朋友我現在的心情，那次在路口不期而遇，兩個人似乎有點尷尬又努力裝作沒事的聊著，但至少可以開始這樣而不是各自逃走。我們有機會再回到最初那個相遇的美好與怦然心跳嗎？我們的關係可以因為陰霾一掃而升級嗎？抑或是，終於理解了差異，我們都選擇退後幾步，保持一個不要太過親密的距離。是終於解密了也好，抑或是認清了也罷，能走到這一步，好久也好痛，只是因為最初我們進展太快了，而當時的我也不夠成熟。

我不知道對方如何，但我經歷了這一切，痛苦失去一段關係；但也從裡頭找到動力重新來過，從批判否定自己漸漸回到一個喜歡自己的樣子，但卻已經是不一樣的我。我們相遇、相識到相知；後來相互憎恨、各自悔恨與療傷，直到有一天，聽到對方的名字，心裡頭那個傷疤不再隱隱作痛，然後遠遠的看見，也無需刻意迴避而能展現笑容聊上幾句；雖然我們沒約定何時再見、何時續聊或是何時再一起吃個飯……。

但我一廂情願知道，我們都正在變好朝向更自由自在的自己，不論我們最終是否會有重新交會的時刻；或也許讓我們相逢這一遭的任務，能這樣再相見，就已經是最好的結局。那些曾經，就像是翻閱過的小說，或是看完的電影，原本在血液中沸騰的悸動移轉到了記憶庫裡，那曾經的熱情，也化成一段歲月話家常的故事。

最終，關於我的功課，是放下執念與傲慢，放棄改變他人的念頭，讓對方自主做自己，而當願意去接受彼此仍舊可以是自己不完美的樣子時，才能真正舒服自在地相處；那個處在彼此間的結，才會真的有機會解開。如果仍舊彆扭或是無法自然的相處，那表示這沉澱可能不太夠，就是繼續等待。

人與人只要在一起，動不動就是互相傷害的開始，我們或許是因為喜歡彼此而進一步的；明明我們多麼努力的要一加一大於二。為何會這樣呢？那可能意味著，我們還不理解，這一切的苦與痛，最終要帶著我們學會了愛。不是單一的執念在對方，也不是一味的耽溺於自己，或者去拯救世界作為逃避。而是回到自己的心校正了態度，才有辦法真正的走向自由與幸福。

牽絆是帶著禮物的祝福

每年息之祭我都會因應當時的心境與感知，為大家選讀一本書，二〇二〇年是《天地一沙鷗》，一本一九七〇年出版已記憶模糊的文本，這是一本講述關於飛翔的書，一隻不想只是為了求存覓食而努力學習更高技術飛翔的海鷗岳納珊，因為牠的勇敢突破，有機會劃破作為一隻鳥的結界，去看到更廣闊生命的可能。

這更是一本關於追尋自由與學會愛的文本，其代價可能是我們最恐懼害怕的孤獨。但學會孤獨我們才會有機會自由，而唯有自由我們才真能自在翱翔，以自己最可以的方式。從來沒有人能真正教我們如何飛翔才是對的，必須自己去衝撞去學習，找到一個可以跟著風一起的姿態，同時不怕逆著風也能繼續前進。

二〇二一年導讀文本是《生命的尋路人》，想像著最初始，先祖們的出發，航向海洋、穿過沙漠、翻越高山、面對冰原……，衍生出萬種的生存方式與智慧。每一個民族，都在其文化生活中留下與整個世界連結溝通的奧祕。時時刻刻，我們都不安與恐懼，就像航行在大洋中的獨木舟，四周一望無際，毫無方向。打開所有感官，接下萬物與無限的訊息，自己是宇宙的中心，不是航向陸地，而是陸地終究會來到面前。

在息之祭進行當中，陳果和山夫同步在學校開始著手做起他人生第一艘獨木舟，我在帶領大家導讀冥想自己坐在獨木舟的過程，心裡也深深的祝福著他。我們試著勇敢踏出追尋的路，就像最初始的先祖，不要怕。每個人都像飄盪在大洋中的獨木舟，我們都在找尋方向與陸地，但請記得，我們是宇宙的中心，只要篤定自己的心，陸地終有一天會迎向你。就像玻里尼西亞人的領航員，光透過在腦海中想像島的畫面，就能把島嶼從海中召喚出來。

多年後重新翻閱《生命的尋路人》，有另外一種重新的看見，那些古老的部落帝國存在的目地，是為確保大家都能吃飽，所以幾千年前就有大規模的地下穀倉設施，不是為了少數人而存糧，而是為了所有人。不會有個別的人因為飢餓而死去，因為飢荒是集體共同面臨的挑戰，那就是最古老，人為何要聚在一起的功能，一起活下去，一起共好。

新村芳書院作為我的志業與事業，常常需要花上我很多的心力，同時作為一個妻子與兩個孩子的母親，心裡常常很焦躁卻也很無助，我該放下手機不再回訊，以及放下腦袋不斷翻轉的構思計畫來好好陪伴他們呢，還是要專注把工作好好完成再來面對家庭，答案茫茫。

我可能是非常自私與自我的一個人，竟如此狠心的將他們擱在一旁，關於我自己與家人之間的排序，也常常找不到一個平衡點。這些心裡的糾結，應該沒有人知道，在好媽媽與壞媽媽標籤的拉扯之下，努力完成了設定的每個承諾，然後沉沉身體負荷不了的倒下。生病的時候，最可以感受到自己的無能為力，躺在床上全身痠痛，再有什麼理想與壯志，此刻也只能屈服於肉體的脆弱。

許久前看了一部電影《教宗的承繼》，十分有感與好看，走在後現代的情境中我們終於開始把所有人都當成凡人來看待。一個高高在上的教宗，我們總以為他擁有無上的智慧像聖人般；因為離神如此的靠近，所以應該不會有任何煩惱與痛苦。孰不知，當受苦的信眾們滿懷期待與仰仗他的帶領當下，他其實內心早已聽不到神的引導與聲音，那是多麼的煎熬、難堪與恐懼，自己都懷疑上帝是否已經掩面不再看他了？而信眾們會不會發現他是如此的虛假？這種苦能向誰說去？

吳承恩版本的《西遊記》，之所以這麼的讓我喜愛，就是它細膩的描述了關於人的本質與人性，即使是人們推崇的三藏，也是得面對著自己有限能力的恐懼與害怕，沒有人是一出發就具備所有的，都是透過一步步的實踐來完成自己的心智強大。

我們都在成為一個人的路徑上，既脆弱又渺小且無助，即使是外表看起來很體面的人物，都有其生命中不可承受的輕與重，每個人最終都必須孤獨的面對，只是知不知道而已。《教宗的承繼》是一部除魅的好電影，藉由兩個願意真誠坦承自我的宗教首領來顯現，願意揭露自我，真的需要極大的勇氣，但我想，那是基於對世人的愛，放下威權，我只是同你一樣的凡人，我也正在受苦，但我們可以一起相互陪伴，即使我們是如此不同的兩個人。

所有的牽絆，都是化妝的祝福，讓我們總可以在新的一年新的一天新的時時刻刻裡，勇敢的重新起飛，每個人都俱足這個條件，生命要能自由自在的飛翔，愛，終究是最好的答案。

知天命活出藝術來

我一直在尋找天命，以為每一個人來到這世上，總會有一項特別的工作或者志業是為自己存在的；我們這一輩子的出發，就是努力去找尋與實踐它。所以難免會在自己與周邊的親朋好友身上沒事掃描搜尋檢視一下，大家各自找到了沒有？帶著一把標準的尺，丈量著自己與大家。

這天山夫說自己快要抵達知天命之年，我好奇問他是否已經知道自己的天命，他微微點著頭，我忍不住追問：「那是什麼？」「知天命對我來說是一個狀態，知道自己是個什麼樣的人，能力到哪裡、侷限在哪裡、能做及想做什麼，然後更可以隨心所欲。」

過去的我應該無法接受這樣的答案，感覺就該是有一件事或者明確的任務，但偏偏我在很多人身上卻找不到有什麼行動在進行，但對方的人生不好嗎？這人沒有得到他要的幸福嗎？好像又無法連結上等號。

漸漸地，這個心結開始鬆綁，所謂的天命，會不會從來都不是侷限在積極主動去搞一件大事，或者自己以為有意義的任務，而是關於活著的態度？來到生命中的各種任務與挑戰，我們帶著誠心誠意，盡力去完成與收圓。生命的成就可能終究不是我們去達成了什麼，而是我們是用何種態度去迎接一切好與壞。

生命的創造與成長歷程，最終讓我們走向獨一無二的自己，可能是釐清了原來我們是整個大生命拼圖中的一塊，而我們獨特的樣子，可能從來都不是要去修正成和他人一樣，而是為了安置在某一處以成全整個圖面；少了任何一塊，就無法完整，你的這個奇怪的突出，就是為了卡在某個特別的角落。

天命透過這些履踐的過程，修修補補自己，在每一次的挑戰中，更完整了自己。只管做好自己，時時刻刻校正態度，漸漸活出自己的樣子，最終在社會的大拼圖中，找到一個安身立命的最適角色，每塊拼圖碎片都不同，確能成一個完整，既是那片獨特的碎片，也同時是整體拼圖生命共同體的一部分。

一趟與兒子單獨南下高雄的長途旅行，我開著車，他坐在副駕駛座上，耳邊是隨機選播的音樂。想想我這個過動媽媽，也唯有在這種時候才能專心地與他同在一起吧。而讓我訝異的，一切難道是被配搭好的，怎麼就這麼剛剛好，在那個當下的景色有恰如其分的音樂產生，好似電影配樂般巧妙。於是，我們沉浸在這看似被設計好的藝術饗宴中，邊開車邊享受，有音樂的襯托，一切風景都變得好浪漫，即使是冒著煙的工業煙囪，那一縷縷向上的煙氣，都像詩一般有韻味。

途中意外有隨機散落一地的藍色桶子，原本高速行駛的所有車輛通通降速，然後一輛輛依序繞著桶子與桶子間的空隙彎來彎去避免撞擊，看著前頭的車子忽左忽右，然後與更前方的車子交替錯開，感覺像大象群在馬戲團的把戲，笨重而逗趣；當時正好播著聖桑的《動物狂歡節》，映襯這荒謬有趣的一刻，會不會也太故意與剛好了！第一次以一種玩遊戲的心態在高速公路上開車。在該要快速行進的時候，我們被迫放慢了速度玩在一起。我也緩慢地大角度轉動方向盤，避開一個個障礙物，好像帶著笨重的汽車一同跳舞，內心的那個可以開開心心的小孩被召喚了出來。

到了臺南，一旁行經一臺載豬車，兒子興奮地叫我靠近點，音樂來到了 Dan Fogelberg 的〈Same Old Lang Syne〉，這首歌的尾段傳來了熟悉的《驪歌》；我不禁對兒子說，這音樂搭配得真好。他疑惑地問為什麼？因為這是一首關於離別的歌呀，而這車的豬隻們，應該是被運往屠宰場的路上……。兒子默默低頭不語，氣氛突然有點哀傷，面對著生命的種種現實處境，我們只能繼續著路程，讓它過去。

想想，生活中很多像藝術般的傑作常常無意中被呈現，那個年輕歲月與情人在街頭吵架，天空突然落下的雨，好似舞臺後臺工作人員的刻意安排；而極度悲傷時舉頭望向的明月，好似也是劇本裡加上標記，這時要特別地光亮。

什麼是藝術家？尤其在這個當代，不再只是追求技法上的極致，有時所創作的只是巧思，故意佈一個局，讓觀眾進入這個迷陣中，然後產生跳出常軌、出乎意料的行動，時而荒謬、時而驚奇，只是為了讓人們在立刻、馬上、現在的當下，能扎扎實實的感受與反思。作為藝術家，應該是要很故意的，像個導演般的深思熟慮，此時該怎麼呈現，而什麼東西又該在某個時間點竄出，才能創造出一種體驗。我們為何需要這些？這些跟活著有何關係？可能只因為當我們擁有過多時，我們忘記自己仍可以像個孩子般，當下盡情享受生命給予的一切。

在瑞芳山城海邊生活的日子，我常常在想如何定位藝術家？好友岱融總說妳就是呀，妳所做的一切就是一種藝術實踐。雖無刻意，確也是這般。把生活好好活出像創作藝術作品般，沒有人在一開始就知道或掌握如何將內心的澎湃轉化成現實，都是透過不斷的嘗試與實踐，慢慢的累積，就像走出來的路徑，不是在前方，而是在身後，隨著自己的步伐越走越遠，藝術作品的厚度與底蘊就會漸漸呈現。回顧這二十年的瑞芳生活，每個人都可以是藝術家，把日子當藝術創作來過，透過這些過程，我們學會了愛，我們的作品才能成為他人的大大祝福。

一理通萬理澈

我寫字的大書桌旁是一面偌大的玻璃窗，望出去就是陰陽海與埋在綠叢中的十三層遺址，常常寫著寫著，窗外的風景就變了。在夏夜清晨時趕工會不小心看到暈著粉紅的晨曦露出了曙光，早晨的太陽極美，讓人忘神直到刺眼得把窗簾拉上才能停止。

冬季雨天吹著東北季風，可以聽著雨滴斜斜打落在玻璃後直直落下的聲音，寫著寫著，雨停了，或露出了陽光；或飄來了雲霧。二〇一九年中秋十三層開始點燈後，夏夜除了點點漁火，還多了有光影的廢墟陪伴，不時干擾了我的工作無法持續，盡情地看著這風光，仍舊是感謝著多年前的自己，選擇移居到此，換來這可讓人嘆息的風景。

今天依舊看著窗外，我停頓了許久，不禁湧現白日夢，是否會有那麼一天，人們會透過這面窗景想念我或我的文字？他們會知道嗎？因為這片千變萬化的景色，陪伴我度過每個書寫的孤獨時光；他們會知道嗎？我哭的時候，療癒我的是這窗景象，寫到得意忘形時，也是它們依舊佇立在窗外笑我，有多少文字工作者可以這般的幸福與任性，一直坐在這樣的窗邊創作，寫出屬於自己的文字。

如果這個寫字的人與窗景能構成一支電影，應該會是極其無聊的，就像每個在路上萍水相逢的人，除非特別戲劇誇張非要你看見，否則我們無從明瞭他人的精彩。每個人都有其舞臺上的戲分，從自己出發，絕對都是主角，只是他人是否想追看這齣戲而已，可能因為如此，才想要努力創造不凡以吸睛吧，人就是如此的需要他人認同。

《等待果陀》這齣戲，從頭到尾兩個人一直在等待名叫果陀的那個人，而看似的主角從頭到尾都沒有出現，雖然徒勞無果，但構成了一齣名戲。重點可能從來不是被等待的那個人，而是當下因為等待未果，我們因為遙遙無期的空等而被看見。

其實一切都與他人無關，都是自己在心頭上發洩自己的心。而《等待果陀》這齣極度無聊與荒誕的戲能夠成為經典，就在其呈現真實的人生。

接待了從比利時返臺的朋友與其家人，小白是個從小就成績優秀常常被爺爺帶著到處炫耀的好孩子，從原本的理組在考前轉換到文組，仍舊讓她考上第一志願臺大外文系，這樣的天資優異，讓人嫉妒又羨慕。即使能駕馭各種學科，但小白思思念念的，仍舊是對於藝術的熱衷與追求，以至於一個大家眼中的高材生，放棄了可能美好的職涯遠景，遠赴歐洲，像學徒般的追尋著關於自己的人生與創作。

趁著女兒去拿取行李不在場，小白父親透露出些許擔心與不捨，這優秀的孩子為何就不能依照著世俗安穩的路徑走，擇了一條未知而孤獨的路，讓人心疼。我看著眼前的父親，同理著他的擔憂，然後突然想到了我的父母，我的成長雖不像小白般順遂與優秀，但一路上也難為他們了，兩代人關於生命追求價值觀上的差異，要能全然去接受這真不容易也不好受。就像我成為了母親，也難免期待著孩子成為我心目中的模樣，但每個孩子終究有他人生必需要的追尋，放手總是作為父母最該學習的事。

從小愛畫畫但爸爸總說藝術不能當飯吃，要我早點醒醒，所以大學選系轉向選擇設計學科，感覺是那最靠近美術的科系，同時感覺那是一種技能，可以糊口飯不會餓著。於是藝術與設計在我眼前一分為二變成了兩條不同的線軸。

擔任審查委員參訪了幾處的工藝之家提案，有機會近距離的與工藝師們在他們的工作與生活場域與之互動，我喜歡觀看人們生活的足跡，也對人之所以成為現在的樣子超級好奇，尤其是創作者，更加讓我想加以理解。

做委員我是心虛的，表面上，我們看似作為一個檢覈者、一個門檻的裁判官；實際上我們卻又如此的無知與不足，因為工藝的範疇之廣與深，每一門都是需要深究的功夫與琢磨的學問。

這些訪視對象，每一個人都窮盡其一生在工藝領域裡努力朝向專精，大部分的人從學徒開始，漸漸成熟為巧匠，隨後產生了自己的風格或門派可傳承而成為工藝師。走著走著，會在一個時間點，反思關於自身與一輩子的技能牽絆，把自己最熟悉的東西打掉重練，朝向返樸歸真的拙趣，走向藝術家的孤獨創作路徑。

從匠到師最後成為一家，我發現他們多數人的身段都是極其柔軟與靈活得像個超業，因為這樣的歷程，必然是從最初的什麼都不是而成為是，從無名小卒到成為某某人。一身的技藝，承擔的可能是養活一個家庭的重擔，必須將之產出到賣出為首要，所以他們善於也必須在理想與現實中取得平衡，這讓人印象深刻。

工藝師之所以迷人，是因為他們會讓我們看到一個清楚的歷程與圖像，可以從平凡到不凡。而相較於學院裡的培養過程，反而多數是一開始就自我定位作為藝術家的高度來開始這條路徑；兩條不同的脈絡，最後都有機會成為大家，只是處境是大不相同的。前者順著生命來到眼前的挑戰，走著走著，回頭看，原來自己已站在高處；而後者先許下了一個宏願，歷經千辛萬苦一償心願才知一切難得。

前幾年在大溪看了一位老木藝大師的展覽，展版上大大的字「一理通，萬理澈」，打動我的心，老匠師雖是為生存選擇木匠為業，但生命專注全心全意投入之後，在卸下人生必要責任之餘，能隨心所欲的自在生活與創作時，最終在其中找到人生的大道。不論是從哪一處出發，透過不斷的實踐與持續前進，一點通透就能貫穿了其他的通道，朝向無所不能，而祕訣就在誰能不斷在每個猶豫的當下，勇敢衝出夔門。

治癒我的公主病

新村芳書院正式營運第三年，好事學田旅宿重新回到我手裡經營，那曾經是我逃避的，不愛如此近距離的服務人群與處理民宿中的雜務，應該更正確的說，我有公主病，專挑事情做。最初就想把民宿事務往外推，做起只辦學不做俗事的山長，所以每當人家叫我老闆娘，我耳朵就是覺得帶刺無法接受，臉部表情跟著略帶不爽。有人找我去分享經營民宿之道，也一律被我回絕，內心吶喊我是在辦學不是在做民宿，心裡實在很有事。

不過人生的機緣很妙，二〇二〇年的一場持續的瘟疫，讓我學會了臣服與交托，開始試著打開心迎接著生命給予的不同課題，以至於二〇二一年的春節後，住宿好事學田旅宿的村民們都有小驚喜，那就是山長出現在學田餐桌前接待，這對我們彼此來說，都是很新鮮的體驗。很感謝最初好友悉心照料好事學田，快兩年半的時光，讓我爭取到時間可以好枕以暇在息書房固定做起「為你導讀」與各種閱讀推廣。

一路走來，漸漸也習慣眾多緣分的來來去去，當我們彼此需要時就好好在當下在一起，而到達分岔路時，能各自祝福著對方繼續走向屬於自己的路徑，不再相互牽絆。過去會心心念念著，哪個人從此不再出現在導讀的現場，誰誰誰不再踏進書院，是我說或做得不夠好嗎？還是對方討厭我……，總是會被這些無謂的念頭在心頭翻攪。每個人都要時時刻刻面對自己的眾多挑戰與困境，有限的時間分配，為何該給我？

坦白說，剛開始很焦慮，民宿的工作開始排擠了新年待辦事項，未完成的書、陳果的自學、我的在瑞芳學……。所有的計畫都需要重整。當我跪在民宿擦拭地板或刷洗馬桶時，心底有時會產生時間焦慮，但有時卻異常的平靜與療癒。山夫問我，曾經是館長同時讀到博士學位，最後在民宿當家政婦，心裡覺得如何？不知是每週認真上課打劍太用力還是打掃太賣力，手還真的有點痠，腰也些微的疼。

二〇二〇到二〇二一年的跨年冥想，我許了一個新年心願，要成為富足的有錢人；這種樸實講出來讓人害羞的俗願，我還真是第一次認真的把它寫下來好好醞釀著。沒想到這年關一過，整個宇宙與老天爺好像真的運作了起來，叫我好好幹活辦正事，金錢就在透過身體勞動中賺取，突然有一種好久不見的踏實感。曾經好久以前過去的我好像就是這樣的，什麼時候開始變成活在虛幻泡泡裡頭的公主了呢。

下了工去街角麵店吃麵，和司機聰哥與老闆娘談論起這後疫情的沒落商機，每個人簡短報告一下自己所受到的衝擊，順便交流一下各自搜集來的小道消息，突然有種和他們同在一起的感覺，我們三個成了可以是共同體相互支持的小商圈；最終大家就是努力的餬口飯罷了，這很真實也很實在。所有的學習與修煉，都要回到世俗生活中去印證，今年的我更多的轉向與實踐，無一不是更落地過日子，繼續往自己的道路上前行。

承接民宿經營的日子，幾乎每天早上迎接我的就是小巷口的狗屎，臭黑狗知道我要上工，連續來給我送黃金支持就是了。話說，現在的我可能漸漸克服對於大便的恐懼，那天我實在懶得拿掃把清理後的再清潔，拔了大大姑婆芋的葉子，就隔著葉子徒手抓起狗屎搞定。哎，小黑，你要多吃青菜或香蕉，便便如此硬，應該超級不舒服吧；但同時也謝謝你，這真的比較好處理。

二〇二一年五月中，疫情升溫三級，生意停擺，焦慮開始湧現，思念起可以務實勞動換取金錢的日子。這十幾年，不知不覺走向迷霧森林之中，這場瘟疫是在提醒著我該校正回歸了吧。

有一種生活態度要在瑞芳學

在臺北華山講堂分享，會中有人提問關於一個街區與地方發展要如何的永續？這是個大哉問，如果能夠明確回答，那地方創生可能也不再是個議題。但這個問題確實引發我更深入的思考關於什麼是永續？我們為何對於永續有種莫名的奢求？

在猴硐有一群老礦工，拿出了微薄的退休俸，籌設了一間小型展示館，只是為了保存過去的煤礦生活記憶。有些人質疑，投入這麼多的心力與資源，如何穩當經營下去？老礦工們之後誰要接手？是否有未來性？同時在雞母嶺有一個狂人老蕭，中年辭掉穩定工作回到故鄉復育水梯田，絞盡腦汁想重新找回地方產業的可能性，當自家的孩子都表明不願意承接父親的熱血志業時，這件事到底還要不要做下去？

上述兩者到目前似乎都還未找到一個永續發展的答案，不禁在想，如果沒有答案，這些事就不值得做了嗎？而即便找到了所謂永續的模式，就真的確保能永恆不變嗎？也懷疑，永續會不會是一個假議題，干擾著我們當下的熱情與選擇。似乎對於未知的未來，我們需要確保，知道我們當下所努力的，一定能有所回報，或者能延續下去，我們才會認定這是可以或是值得做下去的事。

人生到底該如何活？我們真心接受了，任何選項都可以活出詩篇。老礦工們透過把自己的故事與記憶溝通實踐出來，在那個時機，就已經充滿了意義，讓生命的最終，能依照著心願而實踐著，時時刻刻活出熱情來，這可能就是最佳的樂齡解方。

可能終究，屬於老礦工們的小博物館有一天會因為他們的凋零而消失，但也許過程中不經意的影響了他人，而驅動著某人的另一個行動；生命感動生命傳承了下去，只是以不同的形式展現，或者出現在不同的地方，那是超乎想像的另一種延續。

老蕭親手修復的水梯田也許終有一天又荒廢成林，家鄉再度被人漸漸淡忘，但曾有個早已過半百的追夢人，千方百計的想為家鄉找到一個出路與未來的瘋狂故事，這個自會存放在某些人的心坎裡持續感動。

從大自然中，我們看到是萬物的無常，那個規則就是透過生滅而延續；永續的議題，不小心牽制著我們去做當下的選擇。我們真正能做的，依舊是時時懷抱著熱情，迎向未知的恐懼，去做著讓人感到興奮的事物。

搬到了水湳洞生活後，身旁的人因為戰場根本的不同無法成為對手，而有種把自己抽離競爭與物質比較世界的舒緩。原本在都市生活是很獨善其身的，山城歲月的我反而持續投入公共事務，透過遷居位移，水位突然抬高了，自然法則之下，水開始往下流給予的回饋總是很能讓人滿足與有存在感的。一輩子渴望他人的認同，努力了半天不一定能求得，原來只要開始以服務他人作為轉向，掌聲鼓勵與稱讚就會不斷湧入。這般容易與簡單，從此這變成除了追求學歷以外的熱衷，享受了這滋味，再也回不去。

人生像極了一齣齣的荒謬劇，搞不清楚自己真正的需求時，那追求的代價，就會更加折磨人，讓人抗拒承受。有人問我離開公職這十幾年的日子在做什麼？可能就是曾經的博物館館長、兩個孩子的媽媽、一位文化研究者，看似以社會參與為名的實踐行動，其實是重新釐清自我及找回自己的過程。

我遇見了一些人，從最初的不識對手想教導，到後來發現原來是自己不足差距太遠，他們每天踏踏實實安分的度日，無須世俗社會價值認定的光環與位階，看似無須夢想的日子，但卻實實在在地完成一個個的生命歷程；而我抗拒單調與平庸，卻總是在原地不斷急躁地打轉。在瑞芳學，不是關於地方知識的學習與建構，而是關於我這樣的一個人，在小鎮裡的真實生活，如何一步步的引領我走回自己的心。

不是瑞芳人個性特別的詭異，不是只有在瑞芳的故事才會如此有滋味，而是生活在一個地方，有機會拋棄世俗標準與包袱，讓心靜下來，隨著時間沉澱了，人與自己、人與他人及與環境的關係緊密了，我們才有機會好好的去傾聽彼此的悲歡離合。

剛搬來的頭一年，我和返鄉尋根的鄰居走訪她記憶中的故鄉，我們爬到水湳洞砲臺的最頂端，看著火砲最利射擊的無敵景觀，進到海蝕洞裡探險，心裡還惦記著不小心被踩破的納骨罈，其實毛毛的，不知晚上是不是會夢見來求償。

我們冒險闖進過去礦業公司的實驗室，看著滿室一地的實驗玻璃瓶罐，臺金公司的關閉就像剎那間把當下凍結了，整個空間的器物都還在，彷彿工作明天還會繼續，就是人被驅趕走了，舞臺上空留道具沒有演員。那對當時的我來說，是很衝擊與神祕的，就像電影裡的場景，什麼事情曾經在此上演？有什麼東西是被留下的？這些過去的人們，曾經在這裡找到屬於他們的人生答案了嗎？

當年福建人來到臺灣種下的第一棵茶樹苗，就在瑞芳。機緣巧合下，真的被我找到茶在瑞芳的足跡，那是個可以眺望海洋與基隆嶼的美麗茶園。我跟著上山採春茶，第一次體驗手摘一心二葉，從日光萎凋漸漸感受茶香的淡出，再從戶外移至室內繼續等待，接續浪青翻滾，讓茶菁更加柔軟後即刻殺青進行揉捻，讓茶鹼流出。

整個過程葉子的細胞必須經歷破壞、崩解，讓它不再是原來的樣子，最後經過烘乾再烘乾，才成就了俗稱的烏龍茶。這過程讓我深刻體悟到，製茶與人生都是關於選擇，我們決定自己要成為一個什麼樣的人。一片鮮嫩的茶樹葉子，可以選擇繼續在樹上生長茁壯成為老葉，再歷經枯黃、凋零、落地為塵，化作母株的養分。

但這片葉子也可成為泡在湯裡的好茶，在生嫩之時就經過強制的採摘離開母株，經過日曬、翻滾、加熱、揉捻、火烤烘乾，只為去除苦澀，醞釀出其香，成為人們捧在掌心品嘗的茗茶。成為好茶的代價，是不再擁有一片葉子本來的面目，而失去自己的代價也可能成不了上品，不是踏上一條不同的路徑就會成為傳奇。

最初的我，可能很抗拒變成真正的在地人吧，雖然急欲離開都市，但心底仍深深的為自己來自於臺北，有種莫名自嗨的優越感。腦波常常傳遞自己與他人如此不同的訊息，雖努力掩藏，但總是不自覺顯現我高人低，找不到可敬對手的傲慢。一切都沒有絕對的答案，就像瑞芳本來應該會是個具有海鹽風味的茶鄉，因為得金棄農就礦，變成了電影裡的《悲情城市》，歷經了群體的悲歡離合、大起大落，不論是一個人或一個地方，都像手中的這一杯茶，值得好好思量。這本書書寫的初衷，是想要召喚著屬於瑞芳人的驕傲，不論曾經經歷了什麼，它依舊是如此的美麗，我只想說，這個地方，改變了一個像我這樣的人，從葉子變成了茶，有了屬於在地的滋味。

結語

臺北再也不是我的家

擔任黃金博物館館長時的我，從臺北搬來山城居住沒幾年，年輕傲慢且不懂人情世故，無法理解所謂在地人的心情。只是很納悶，為何一個博物館會被地方的人如此的嫌棄與討厭，我們的所有努力，似乎都不是他們要的。

但，我們不想只是一間傳統的博物館，很努力思考實踐著，如何和社區居民們好好同在一起。想著做著，不小心變成在討好著大家，因為即使是一間博物館，也不希望被眾人所討厭，尤其是我們的親密鄰居們。但越做越累，越無能為力，這是個永遠無法被填補的無底洞。常常接到被里長發怒痛罵的電話後，獨自坐在辦公桌前流淚，我不知我到底做錯了什麼。直到有一天，我看了夏野芹老師的書，似乎漸漸理解金瓜石人到底是如何期待著，他們將過去對臺金公司的種種依戀移轉到這一個博物館。我們彼此各自處在兩個無法交集的平行線，但卻又一直糾纏打結著。

我是一個生態博物館的信仰者，博物館作為一個工具，連結起人與人的關係，一起共創美好的未來，像中了毒般的融在我的信念裡。所以當我意識到這樣的理想不可能實踐在一個公立博物館裡時，我選擇出走與社區夥伴共創社區的山城美館，同時創辦了臺灣類博物館發展協會。少了經費與人力的奧援，夢想要能存活下去比想像中困難，更何況要實踐利他的目標。少了位階的我，似乎才開始理解，溝通沒有我想像中容易，而現實挑戰才真正要開始。

於是，我不小心跳進了一個自己設下的仙境夢遊去，經營不一鼓時更是達到前所未有的瘋狂高峰；如果每個人都有病，那可能是我最病入膏肓的時期吧！我只是想要透過鼓與他人連結去實踐一種莫名的堅持。最終，只是想藉由所謂的公共性來滿足自己心底深處渴望被認同的強烈需求，同時也害怕孤獨。

二十年來的山居歲月中，有十年是攪和在自己的夢境中，曾經的興奮、驕傲、失落、不解與傷害，現在回頭想想，五味雜陳心裡頭卻有種感謝，那個當下最不想遇到的遭遇，行過之後的回首，原來是要讓我們成為更好的自己。

二〇一九年的中秋，水湳洞的十三層遺址被點亮，隨即而來的觀光人潮與生活衝擊，對我來說百感交集；於是，我開始在臉書書寫文字，記錄著在這裡生活的曾經與現在，像是在與過去生活漸漸不復存在的日子告別。生活中開始出現外來的干擾與煩躁，好像才真正開始理解最初金瓜石人是以如何的心情看待著博物館，因為我成了他們。

謝謝《聯合報》編輯陳佩穎女史的邀約，二〇二〇年我在家庭副刊有了一個專欄，想都沒想過自己會成為一個透過文字與世界連結的作家，讓更多陌生人有機會與我相遇。時間好慢也好快，二〇二〇年是個讓人極度不安的一年，每個短篇文章，意外記錄了人心惶惶的三百六十五天，同時也在對未來茫然之際，產生一些特別的漣漪。二〇二〇年讓我學會，如何勇敢面對自己的貪、瞋、癡、慢、疑，處理它放下它，然後繼續往前行，回頭看這一路上的積累，就是屬於每個人的豐盛。

新村芳書院的鄰居東哥，是在第一市場賣豬肉的攤商，我們就好像兩個完全無法交集的平行時空，用一種奇特的方式相鄰為伴。他看我做事總是橫衝直撞的，有天語重心長地跟我說，人活著就是看事辦事，別急著要怎麼做……。這句話在我以前聽來是非常刺耳的，我會理解其為怕事與拖延不想作為，對於這樣的習性，更容易產生反感。但不知怎的，我把他的話聽進去了，一切靜待著安排，不再強行的介入改變，結果居然出乎意料之外的無事沒事，好像之前發生的事，只是過往雲煙般的就散了。

開始公開書寫的一年，送信來的年輕郵差會跟我比大拇指說：「我喜歡妳寫的文章。」常去採購的商店，店員會特別來跟我分享她的讀後觀點；兒子在學校的志工老師，會特別跟他說：「我是你媽的粉絲。」一收到老讀者親手寫長長幾封的信，分享他自己的生命故事，那幾張信紙，承載的是一個人的生命重量，拿在手裡，有種莫名的感動。讓我更加感動與訝異的，是出現好多曾經的瑞芳人，因為我的文字讓他們重新看見故鄉的美麗與哀愁。

有時文章未寄出前先給兒子看，他會替我擔心：「妳這樣寫不怕惹上麻煩或惹人討厭嗎？」而確實，有些人默默淡出我的生活，文字有時像把鋒利的刀，我們不知道它會無情地劃向何處，碰觸到誰的痛，而我確實缺乏謹慎，也為此感到抱歉。「應無所住而生其心」，他人從來都無從傷害你自己，除非你同意讓他直砍。

專欄連載結束在二〇二〇年的最後一天時，時報出版也談妥要幫我出書，感覺一切都是最好的安排，於是我可以為此而繼續書寫。二〇二〇年是令人不安與傷痛的一年，沒想到二〇二一年更讓人意外，失去了好友與親人，他們的突然離去每每提醒著我生命的無常。我反問著我自己，生命為何而來？我到底是誰？要如何衡量自己的幸福？一輩子在找尋天命，接近半百，意識到原來文字是我與這世界連結最好的工具。一直很愛 Gorge Luis Borges 的一段文字：

「我不確定我是否存在，
事實上我是所有讀過的作家、
所有我遇到的人、
所有我愛的人、
所有我去過的城市……」

這本書在出版之際，終於可以加上，「我是我所寫下的每一個字」。謝謝你們的閱讀與陪伴，寫書的人雖然常常要孤獨面對自己，但也是最怕寂寞的，所以我驅動著自己生產文字，把內在的心思掏出，無非就是想讓他人更加理解自己。

走在瑞芳的每個角落，總會與熟人相遇，不是隱居山裡的繪本畫家，就是騎著單車出發的餐廳老闆，或是來此一同打拚的逐夢人，還有愛攝影的退休者……。這些人成為我在地方生活的陪伴與風景，即使我們如此的不同，或可能曾經有誤解，但一切盡在不言中。

來到新村芳書院，鄰居東哥正從市場收工回家要補眠，他對著我笑一笑揮揮手就進門。我好愛這樣的小鎮生活，大家雖然各自忙碌著，但臉上都沒失去笑容。

小日子中，常常也會有烏雲，人與人不小心會有的糾紛與侵犯、垃圾與狗屎是日常，陽光總是在的，等一等太陽就會出來。有一種生活態度要在瑞芳學，不是住在這裡的人受到老天特別的眷顧，而是懂得在雨不停長菇的時候，仍然記得要撐著傘微笑。

瑞芳從異鄉變成了我的家鄉，臺北不再是我家；只是當初的任性追尋，我們搬到了陰陽海邊，一待就是二十年。我的真正長大，就是在瑞芳；小鎮的生活讓我理解生活是藝術，而愛是一切的答案，為此，我們要一直一直持續的勇敢下去。

我的幸福在瑞芳學 / 施岑宜作 . -- 初版 . -- 臺北市：
時報文化出版企業股份有限公司, 2021.07
面； 公分 . --（人與土地；32）
ISBN 978-957-13-9065-9(平裝)

863.55 110008260

人與土地 32

我的幸福在瑞芳學

作者	施岑宜
照片提供 / 內頁繪圖	施岑宜
章名頁插畫	黃維君
特約總編輯	古碧玲
責任編輯	廖宜家
主編	謝翠鈺
資深企劃經理	何靜婷
美術編輯	黃維君
封面設計	黃維君

董事長	趙政岷
出版者	時報文化出版企業股份有限公司 108019 台北市和平西路三段二四〇號七樓 發行專線（〇二）二三〇六六八四二 讀者服務專線 〇八〇〇二三一七〇五 （〇二）二三〇四七一〇三 讀者服務傳真（〇二）二三〇四六八五八 郵撥 一九三四四七二四時報文化出版公司 信箱 一〇八九九 台北華江橋郵局第九九信箱
時報悅讀網	http://www.readingtimes.com.tw
法律顧問	理律法律事務所 陳長文律師、李念祖律師
印刷	勁達印刷有限公司
初版一刷	二〇二一年七月二十三日
定價	新台幣三六〇元

時報文化出版公司成立於一九七五年，
並於一九九九年股票上櫃公開發行，於二〇〇八年脫離中時集團非屬旺中，
以「尊重智慧與創意的文化事業」為信念。

ISBN 978-957-13-9065-9
Printed in Taiwan